杨树底下敛巧饭

北京民间文艺家协会　编著

文物出版社

封面设计：周小玮
责任印制：张　丽
责任编辑：孙　霞

图书在版编目（CIP）数据

杨树底下敛巧饭/北京民间文艺家协会编著．—北京：文物出版社，2011.10
ISBN 978-7-5010-3291-4

Ⅰ.①杨… Ⅱ.①北… Ⅲ.①民间故事—作品集—怀柔区 Ⅳ.①I277.3

中国版本图书馆 CIP 数据核字（2011）第 200719 号

杨树底下敛巧饭
北京民间文艺家协会　编
＊
文 物 出 版 社 出 版 发 行
（北京市东直门内北小街2号楼）
http：//www.wenwu.com
E-mail：web@wenwu.com
北京京都六环印刷厂印刷
新 华 书 店 经 销
850×1168　1/32　印张：4.5
2011年10月第1版　2011年10月第1次印刷
ISBN 978-7-5010-3291-4　定价：32.00元

主　编：赵　书　刘铁梁

副主编：于志海　刘绍振　崔墨卿

◎ 北京民协专家考察杨树底下村 　　◎ 北京民协专家深入考察杨树底下村

◎ 北京民协专家了解杨树底下村情况

◎ 杨树底下村口

◎ 敛巧饭的原料

◎ 村民正在切菜

◎ 敛巧饭的大锅

◎ 吃敛巧饭

◎ 节日气氛

◎ 斗羊表演

◎ 山羊走钢丝表演

◎ 斗鸡表演

◎ "小车会"准备表演

◎ "高跷会"准备表演

◎ 杨树底下村广场吸引了众多游客

◎ 扬饭喂雀儿谢雀恩民俗

◎ "走百冰"去百病民俗

目 录

序 …………………………………… 刘绍振（1）
杨树底下村概述 …………………… 包世轩（1）
后山铺村婚礼习俗 ………………… 宋庆丰（17）
敛雀饭民俗探源 …………………… 魏洲平（21）
杨树底下往事如烟 ………………… 刘嵩崑（35）
多姿多彩的杨树底下村 …………… 张伯利（39）
杨树底下村挖金矿 ………………… 张伯利（46）
扬饭喂巧的传说 …………………… 宋庆丰（50）
云蒙山的传说 ……………………… 宋庆丰（52）
老公营的传说 ……………………… 宋庆丰（56）
解放前的水碾香粉制作 …………… 珠丰（58）
西台子传说 ………………………… 珠丰（60）
黄泉峪村的传说 …………………… 珠丰（61）
杨树底下村敛巧饭 ………………… 宋庆丰（62）
发现金矿的传说 …………………… 宋庆丰（65）
金矿山的由来 ……………………… 宋庆丰（66）
猴石的传说 ………………………… 宋庆丰（67）
宿大背子的传说 …………………… 王卫平（69）
八宝堂的传说 ……………………… 宋庆丰（71）
后山铺村小白龙的传说 …………… 王卫平（72）
闪光的金子 ………………………… 崔墨卿（74）

喜鹊的故事	崔墨卿	(77)
清水豆腐的故事	崔墨卿	(79)
智歼日本鬼子兵	崔墨卿	(81)
山神火烧狐狸精	周止敬	(83)
佛爷娘娘争占黑坨山	周止敬	(85)
大杨树	周止敬	(87)
驴蹦跳	周止敬	(89)
敛巧饭叙事诗	周止敬	(92)
老商号聚源厂	宋庆丰	(94)
走百冰去百病	董文森	(96)
笔架山与元宝山	董文森	(98)
杨树底下敛巧饭	刘嵩崑	(101)
欢乐的山谷	崔金生	(105)
琉璃庙聚源香厂	刘绍振	(110)
骆驼峰的故事	宋庆丰	(115)
琉璃庙镇的琉璃庙	宋庆丰	(117)
琉璃庙的崎峰茶	珠丰	(119)
感念的炊烟	马淑琴	(121)
杨树底下的山雀	马淑琴	(124)
杨树底下敛巧饭（小叙事诗）	崔墨卿	(125)
后记	于志海	(127)

序

刘绍振

远在春秋战国之际,燕国中兴之主昭王"在渔水之阳"设渔阳郡,即今怀柔区北房镇一带。怀柔,古称渔阳,是中原地区农耕文明与燕山山脉以北草原游牧文化相互撞击融合的前沿哨所。

大秦帝国"二世元年七月,发间左適戍渔阳,九百人屯大泽乡。陈胜、吴广皆次当行,为屯长。会天大雨,道不通,度已失期。失期,法皆斩。陈胜、吴广乃谋曰:'今亡亦死,举大计亦死,等死,死国可乎?'"那场连阴大雨造就了中国历史上第一次农民大起义,但也使渔阳也就是今天的北京市怀柔区与陈胜、吴广这两位伟大的"农民革命家"失之交臂。假如陈、吴和他们的九百壮士兄弟顺利抵达渔阳,在这地方"举大计",中国的历史会是什么样子?最起码,如今的怀柔区就可占有联合国教科文组织认可全球保护的六项文化遗产中的两项——历史文化遗产和文化景观遗产。

怀柔是深沉古老的,怀柔又是充满勃勃生机年轻的。以其崇岗叠嶂、蜿蜒长城、碧绿湖水、苍莽山林构成湖光山色优美的自然环境;和谐共进、城乡并举的飞速发展,被誉为"京郊明珠"。

我第一次靠近、接触怀柔是在上世纪60年代中前期,即史无前例的"文化大革命"山雨欲来风满楼之时。那时的北京城已开始被缺水困扰,当时的市委、市政府决定,举全市之力,挖掘一条源头为密云水库,流贯怀柔水库,最终抵达昆明湖的运河即京密引水渠,以解城区的干渴。

记得那是寒风乍起,秋末冬初,霜叶红了的时候。刚读高中的我随学校倾巢出动,身背行李,先乘火车后转步行,走了大半天到了住地,一个半山区小村。记不清是叫王家史山村还是李家史山村了,当时询问过村中老乡得知此地为怀柔县所辖。若干年后,文友宋庆丰兄对我说,当年你肯定住在王家史山村,旁边挨着的李家史山村属顺义县。庆丰是怀柔区史地专家,当然说得没错。原来我身处两县交界,所以只能算是靠近了怀柔。其间,我曾作为伙房的搬运工进怀柔县城购物,那时县城外有一条浅而清澈的河流和只余断垣残砖的城墙。城内有窄而不平的青石街道,货架空空的小商店。往返步行,下坡上坎,山路迢迢,身负重物,苦不堪言。如此而已的记忆。几年后,我被"号召"到大西北某小县"接受再教育",置身在"黄河远上白云间,一片孤城万仞山"的黄土高原小县城时,不禁想起了怀柔县城,两城极为相像,让我生出思乡之情,尽管我非怀柔人。

更多的接近怀柔是改革开放以后,几次参加会议,游览慕田峪长城、名刹红螺寺、碧波万顷的雁栖湖,领略怀柔山川秀色,也品尝了养于深山冷泉虹鳟鱼的美味。来去匆匆,蜻蜓点水,只能称为接近。

2007年,北京市开始了保护抢救人类口头与非物质文化遗产工程。市文联党组书记朱明德先生亲赴怀柔区考察指导工作归来,指示北京市民间文艺家协会组织专家学者赴怀柔区琉璃庙镇杨树底下村,对该村传承了一百多年的"敛巧饭"民

俗事象进行田野调查,并协助镇区两级有关部门申报国家级非遗项目。我与十几位学者专家在市民协副主席于志海先生带领下,来到了位于云蒙山腹地的杨树底下村,这次我真正走进了怀柔。

近山则厚,山区面积占总面积88.7%的怀柔区,有着深厚的民间传统文化积淀。受高山阻隔的自然环境影响,怀柔的民间文化内容、形式与其他区县每每有不同之处。即使本区域内,由于长城横亘中部,长城南北、山里山外,不同的乡镇村落也各有鲜明的地域特色。杨树底下村"敛巧饭"的习俗便是独树一帜,蕴含着丰富的古老传说、优美的民间故事。

"民间故事"有广狭二义之分。广义的民间故事包括神话、传说、故事、童话、寓言、笑话等等。狭义的民间故事,就是神话、传说之外的一种散文叙事作品。它既不同于以神为主角的神话,也不同于以历史人物为依据的传说。它是以广阔的生活题材为内容而又有艺术虚构的散文叙事作品。

本书所选编的民间故事就是广义的,是流传于杨树底下村、琉璃庙镇乃至云蒙山区的民间的口头故事。目的旨在为读者提供一本有地域特色的故事精品读物。

一篇有品位、趣味、有嚼头的故事,我以为必须具备如下基本特征:

(一)一篇完整的故事里,必须要有人物和发生"故事"的时间、地点。人物的姓名可以是不具体的、模糊的。故事中的人物可以因其职业、身分而为名,如"张木匠"、"王掌柜"、"李县令"等。也可以就用小名、浑号为名,如"二旦"、"狗剩"、"能不够……"等,一般不用真名实姓。故事发生的时间、地点也可以不具体甚至是模糊的,如"从前"、

"老年间"、"某朝某代",千万不可注明公元多少多少年,那不是故事中的时间概念,那是历史或论文里所需要的时间概念。地点也可用"这事发生在山里面"、"县城西北角有一条小胡同"等等,这样的模糊地名就可以了。

(二)一篇完整的故事里必须有"故事",而这个"故事"是由情节、细节构成的。"故事"的结构发展是程式化的,最常使用的是"三叠(段)式"的叙事手法,它是民间故事的一个显著特征。例如,男女老幼耳熟能详的《狼外婆》故事,就是三叠(段)式故事结构的经典之作。

(三)民间故事一般都有一个有头有尾"大团圆"的结局,这也是民间文学与作家文学的分水岭之一。民间故事的宗旨,总的说来是把惩恶扬善、美好的最终战胜邪恶的结局奉献给读者。善良、正义、弱小的一方总能战胜邪恶、阴险、强大的另一方。无论遭遇到什么样的曲折艰难,主人公都能凭借自己的正义、忠贞、毅力、智慧最终取得胜利。具有悲剧色彩的民间故事《孟姜女》还不是以这位纤弱而忠贞的女子哭倒象征邪恶暴秦的万里长城,为老百姓出了一口恶气?

这里有一点要说明,我们通常说的民间故事,是指提供给听众和读者的民间文学作品,而非专家学者们看中的"忠实记录,一字不动"的民间文学资料或称科研版本。应该说两者之间的关系是部分重合,绝非合二为一。优秀的民间文学作品,未必是专家学者们心目中有价值的研究资料;反之,可以称为研究资料的,又未必是听众、读者所欢迎的故事。既然是故事书,首先就应该有故事,如果没有故事,充其量只能算是地名介绍或是地方史志,而不能称为民间故事了。更为重要的是,民间故事是人民群众口耳相传而成的,它的语言特征必须

是口语化、通俗化、大众化的，而绝不能是书面化、新闻报道化，甚至公文化的知识分子腔，那样写民间故事就走到偏路上了。我们之所以选择有很强文学性、可读性的民间故事，也考虑到本书可能为杨树底下村，乃至怀柔区的旅游和文化交流奉献绵薄之力。

怀柔历史悠久，民风淳朴，民俗古老；得山水之灵气，怀柔孕育着撷采不尽、还要永远传承下去的民间故事；地利之佳又逢党的十七大提出的"兴起社会主义文化建设新高潮"号召的天时；更兼区、镇（乡）两级党委政府高度重视支持，以及怀柔区已经有了一支非常成熟、素质较高的文化队伍之人和，物质文明与精神文明齐发展的"京郊明珠"会更放异彩。

如您仔细阅读过本书后，相信一定会和我一样，完成"靠近、接近、走进"怀柔的历程。

杨树底下村概述

包世轩

杨树底下村概况

北京市怀柔区辖界南北狭长,可达90公里,杨树底下村归琉璃庙镇管辖,该镇正好位于怀柔区的中部。全镇25个行政村,8000余人。本镇辖界达225平方公里,颇具山水之胜。到处是山环水绕的明媚景致,置身山青水秀的自然景观中,令人心旷神怡,颇有世外桃源的感触。境内有云蒙山、崎峰山两处自然风景名胜区。其中云蒙山是国家级森林公园,崎峰山风景区正在申报国家级风景名胜区。

杨树底下村地处山区,在琉璃庙镇以西22公里,再西去5公里为延庆县界,距延庆县四海镇20公里,有公路贯通。杨树底下村名,是因村中有一株古老高大的青杨而得名。传说二郎神担山赶太阳,日压九个太阳,只剩最后一个太阳时太累了,就在大青杨树下阴凉处歇息,想一会儿太阳一转,晒到自己就起身,解乏后再追赶压住最后一个太阳。没想到大青杨的阴凉一直罩着二郎神,等他醒来太阳早逃远了。因此留下担山的一条金扁担,后化入地下,本地就产金了。因此本村与产金有关的民间故事广泛流传。二郎神担山赶太阳的故事原型是九个太阳被压住,只剩一个太阳藏在马齿苋下面得以逃脱。在京北山区马齿苋衍变成了大青杨树,只有大青杨才能担当挽救太

阳的重任。

村子建在狭长的山前台地间，琉璃庙至四海的公路紧挨村南，在台地前通过。全村现有150户，321口人，在全镇25个村落中人口占第四位。村中街道东西长达500米，有传统民居618间，分布在街道两旁，其中主要分布在街道北侧。北侧的民居一层层向山坡延伸，局部可达七层。据说村子是清代嘉庆年间逐渐形成的，靳姓占大半，霍姓占小半，黄姓、梁姓、常姓只有12户。原来村落分散，日本侵略者占领时期属"满洲国"，施行"归围子"，强行将村民都集中到围子里，形成现今民居相对集中的现状。清代建村时，霍姓是从密云县苍头村迁来的，来时是老哥俩。至今有宗谱排字为："永宏长久在，正大光明来"。

人民公社时期全村有耕地340亩，村民的工分加上林木的间伐、片伐等收入，十个工分值九角钱，这样的收入在当时是不错的。近年因退耕还林，有耕地200多亩。其中种植庄稼占七成，林果占三成。全村2006年经济总收入约240万元，其中包括四成劳动力外出打工的收入。村中农户有面包车4辆，货运车2辆，由车主自主经营搞运输，获取收入。另种植西洋参80亩，由承包户管理，成参每市斤20至40元不等，按质论价，由西洋参药业集团公司全部收购。

村中现任书记靳洪安，48岁。村民委员会主任霍洪宝，51岁。

村子极富山水之胜。村民饮用的是西部自流来的山泉，取用不竭。取水处建有蓄水池，用6寸水管自高处引流来，接通各家的水龙头，是真正的天然"自来水"，无需任何的机械和电力。村落北靠崎峰惊山梁，村前是一条东西走向的

河谷,汛期渲泄山水;南部 5 公里以内是条宽阔的峡谷,其间梯田里种植着玉米和高粱,另外还种植有豆类和黍类,但产量很小。峡谷内距村 6 公里是高峻的黑坨山,海拔 1534 公尺,山势浑厚沉毅。近年峡谷中建有金驼峰风景区,因一座山峰酷似一头昂首前行的骆驼而得名。峡谷内离村 2.5 公里处东部有元宝山,西部有笔架山。笔架山三山尖分立,极像古时放毛笔的笔架。据此山峰布列的态势,村民讲村东多出富户,善于经营;村西多出文化人,农户中考取大学的学生较多。

民居形式

本村的民居,都是砖瓦房,基本以正房五间的建筑形式为主。全部民居均坐北朝南,采光良好。现存民居中最早的是民国初年建筑的,有围墙和门楼。而多数民居建于新中国建立后以及新时期。即便是近年新建的民居,大部分仍严守古法,屋顶仍旧使用老式烧制的灰板瓦,体现出历史的传承。房屋用青砖或红机砖砌筑,前檐下为木门、木窗。正脊顶部都采用皮条脊形式,脊的两端是小巧的蝎子尾装饰,微微翘起。屋顶缮背泥以上用一层老式灰色仰瓦铺盖,一条条的仰瓦垄布满屋顶,远远望去如鱼鳞状,极为有效地减轻了屋顶的重量,因而木梁架用材也可以相应缩小材份,达到了节约目的。两端的瓦垄上分别压铺板瓦垄四行,使屋顶瓦面的轻飘感得到约束,产生出了厚重的意蕴。整个村落民居多保存着传统建筑的样式,这是难能可贵的。

街道两旁分布着村里的公用设施,如公厕、碾盘、店铺等。

山峰的得名与传说故事有关

窟窿山

位于琉璃庙镇崎峰茶村西南。山顶上有两个形如车轮的通透孔洞,直径达20米。每当晴天,太阳在窟窿山的西面下落,强烈的光线穿过窟窿,金碧辉煌的景象极为壮观。据本地流传的民间故事称,这两个窟窿是二郎神担山追赶太阳插扁担时形成的。

在孤高如屏的山崖间,有两个直径约10多米的圆孔穿山而过,构成山光画廊一大奇景。据北魏郦道元《水经注》称此山为孔山。晴天望孔山可见"峰头嵌日"奇景;在雨季时节,云团聚集呈现千变万化的"孔山流云"美景。

双孔峰石壁间天然形成为两孔,一孔大,一孔略小,并排而立犹如一对天窗。其右孔高22米,左孔高约14米,孔的两边略狭窄仅有10米,将两洞分隔开的中心石柱宽达2米。相传,窟窿山是二郎神担山压住九个太阳后,在追赶最后一个太阳时,曾来这里欲担走此山。二郎神用扁担将窟窿山穿了两个大孔,因山太沉重未能挑起,便放下去担了别的山,这样窟窿山便保留下来,成为千古传颂的一座奇山。登上窟窿山远望,群山连绵起伏,云雾缭绕,气象万千,绿浪如潮,景色迷人。

崎峰茶山

在琉璃庙镇崎峰茶村东北部,海拔720米,属石英砂岩。山崖突兀直立,陡峭奇特,颇有气势。崎峰茶山因生长着一株古茶树,便有优美的民间故事流传至今。

崎峰山国家森林公园位于怀柔区东北部,以风景雄秀而名闻京城，有优美山水画卷的赞誉。它以其雄美的山川、良好的植被、优良的生态环境日益为人们所知。

崎峰山国家森林公园位于连接密云、延庆、河北省的咽喉要道，琉璃河、白河穿流境内。地处燕山山脉，占地面积4290.18公顷，森林覆盖率61.3%，林木覆盖率高达93.2%，分布有落叶松林、辽东栎林、白桦和黑桦林。森林公园内挂牌的古树有4株，其中300年以上A级古树油松2株。

崎峰山森林公园包括崎峰茶、渔水洞、孙胡沟、西台子、后山铺等8个行政村。主要分为崎峰山和柏查子两大景区，景区内群山高峻、海拔落差较大，植被垂直分布明显。植物群落分为4个植被型组，8个植被型，22个群系。植物种类丰富，有维管束植物635种，分属于102科，366属，是森林生态系统保存比较完整的地区，形成首都北部的生态屏障。

风景区内石灰岩构成的山峰极为陡峭，河谷幽深，形成山高谷狭、奇石林立的景观。巨大的花岗岩山体则呈现气势雄浑、古朴凝重的风貌特色，与石灰岩质山峰形成了各自鲜明的物象景观，著名的有蜡钎山、乱石穿空、柳道山等。

村民世代恪守"敛巧饭"习俗

元宵节在民间是大节日，过节形式多以赏灯、表演花会为主。北京西郊门头沟区灵水村在中秋节全村敛米举办"秋粥节"，全村同食，以示秋收有成，增进乡谊，有"粒米同食"之古风。而杨树底下村的敛巧饭风俗，在传承的过程中包含的内容则越来越多，承载着乞巧、走百病、保护鸟类、合村聚餐联络乡谊的多重社会功用。

杨树底下敛巧饭

据有关材料记述，怀柔区杨树底下村于清代嘉庆、道光年间逐渐形成。从村落形成之日起，该村村民每年都有在一起吃"敛巧饭"的风俗，至今已有180多年历史。

敛巧饭，即在每年正月十六日前夕，由村中十二、三岁的少女到各家敛收粮食、菜蔬。待正月十六日这天，由成年妇女协助，将其做熟，全村女人共食。期间锅内放入针线、铜钱等物，食之者，便证明其乞到了巧艺及财运。另外，"巧"字是当地人对麻雀、山雀等鸟儿的别称。在人们吃敛巧饭之前，扬饭喂"巧"，即扬饭喂"雀儿"的谐音，同时口念吉祥之词，一是为向雀儿谢恩，二是为祈求来年丰收之意。饭后人们还要在冰上行走，曰走百冰（病），寓意祛除百病。每年敛巧饭时节，还请戏班在村里演戏，村中的什不闲、秧歌会也要表演助兴。

杨树底下村敛巧饭习俗历史悠久，传承持续不断，具有鲜明的地方特色，是该地春节民俗活动的有机组成部分，映现着该地区独特的民间传统文化面貌。这项民俗活动同时也是当地人们群体思想意识的集中反映，体现着团结、友谊、和谐的理念，有着深远的历史文化价值。

为使"敛巧饭"风俗得到重视和传承，琉璃庙镇以"敛巧饭"的由来和发展历史为内容，制作成图文并茂的文化墙，加以总结和展示。同时还将加大对当地传统戏曲表演、民间儿童游戏、农作物现场加工等民俗的保护。但随着社会生活环境的变化以及多种娱乐方式的出现，"敛巧饭"习俗中一些传统内容已经消失，或失去其原始寓意，需要采取应对措施加以对待和保护。

庙会上村中的民间艺术表演

本地的二台子村有山神庙庙会,时间为每年农历四月十五日。旧时庙会期间六个村落的香会齐赴山神庙进香膜拜,是本地的民俗节日。山神庙供奉关帝、山神。

杨树底下村有高跷秧歌、什不闲两档会,除春节、元宵节敛巧饭时节在村中表演外,再有就是山神庙会的表演了。两档会都是清代后期成立的,已有百余年历史。

据梁守国老人介绍,村中的什不闲又称天平会,是表演什不闲莲花落曲艺形式的会口。有天平架子绑着锣鼓等乐器,用于伴奏,有演员演唱各种曲调的唱词。如"什不闲一打把锣礃,新娶的媳妇靠着公婆,……牛郎织女靠着天河……"

据清末《万寿山皇会图》画卷描绘,可知天平会在清末十分盛行。画卷上绘一辆马车,上罩布顶棚,车内载为天平架子,并坐有数位艺人,可知天平会行香走会时的行进方式。

另外故宫存有清光绪十七年(1891)《普庆升平图》画卷,是如意馆画士张恺、王继明、张启明、屈兆麟等所画。内容有:普庆升平戏出(五幅),另有五音大鼓、杠箱、中幡、开路、双石、五虎棍、少林棍、石锁、秧歌、杠子、旱船、天平、花钹、太狮少狮、娘娘驾等民间杂耍、歌舞活动的热烈场景。其中天平会依然乘布棚骡车,车上有天平架,以及男丑、女旦等九人,形象具体地描绘了此会全体演出角色的风貌特点。

天平架子以木为之,两边为立柱,中为一横梁,形成上下两层。立柱下用木底座使之稳妥。上层架框间以绳缚有一对小镲儿,架子中间置一单皮鼓,下层左边缚一铓锣(咚字锣),

右缚一对大钹，均连以连线。下层脚踏连线即可击响，上层左手拉线击小镲儿，右手击单皮鼓。

　　天平会是进香于"三山五项"会口所用，民间称为什不闲，均演唱什不闲、莲花落曲调，是清代以来民间一种自娱自乐的曲艺形式。京北一带乡村，旧有会谱记载叫"天平八掌会"。一般有两个男孩打钱鞭（霸王鞭），四个（或两个）女孩（男扮）打旋儿（小锣），一个毛官儿（丑男）、一个丑婆儿、一个先生（掌鼓、板）。什不闲演唱与表演并重，演唱间隙及开场、结尾，皆以天平架上的乐器击奏。走场时还要加小堂鼓、大铙、大钹予以伴奏。毛官儿与丑婆儿以逗场为主，执鞭与执旋儿者以舞为主，有三参、七拜、大、小篱笆等十几个场式。主唱的有先生、毛官儿、丑婆儿。唱有两种形式：一种是唱固定的唱段，多为大段子；一种是用固定的曲调现编现唱，唱词风趣诙谐，以博观众一笑。这是早年北京郊县天平会表演的一般情况，其所唱即什不闲、莲花落。《北京民歌卷》中收录了不少什不闲唱词，密云有《劝姑娘》《旱地行舟》，朝阳门《齐化门楼》，昌平《驴车转》，怀柔《神庙歌》，平谷《挡窗户》《路径调》，顺义最多，有《小老妈进京》《王二姐思夫》《看花容易绣花难》《小女婿》《茉莉花》《蛤蟆调》等，反映出什不闲天平会在京北郊县的流行情况，以及词曲内容、艺术特色。同时什不闲都有打霸王鞭和演唱的内容，是其共同的特色。说来说去，东北二人转就是从什不闲这种古老民间艺术形式发展演变而来的。

　　什不闲这种民间曲艺形式，历史上在京东、京北一带村镇十分流行，是一大特色。

　　杨树底下村如能把什不闲会口恢复起来，将是一件非常有意义的事情。因为在北京城区，这种民间文艺形式已经接近绝迹了。

  杨树底下村秧歌会由 12 个足蹬高跷的角色组成。在北京，香会歌诀称秧歌会是"门前摆设辖嚇木"，指为高跷腿子。有称"匣合木"、"侠客木"俱不同。笔者认为应称"辖嚇（音：贺）木"为是，此喻指庙堂、王府、衙署前的圭首状的木栅、挡马类的设置。具有辖制、恫吓之意，令人不能随意径行跨越。与庙前挡马、栅栏，衙署的黑红棍作用是一致的。

  秧歌分高跷秧歌和不登跷、徒步表演的地秧歌两种。地秧歌俗称"地蹦子"秧歌。"井字里"秧歌只有 10 个角色，没有卖药先生和渔婆。"井字外"秧歌计有 12 个角色：陀头、樵夫、傻公子、渔翁、渔婆、老坐子、卖药先生、小二哥（音羔）、打锣的（女）两位、打花鼓的青年（男）两位。都是民间传说中的山精水怪。高跷秧歌会除各式惊险的技艺表演外，也有秧歌唱。秧歌除繁复的走场表演外，还要堆山、摆字、唱秧歌。全能为之的会口很少，一般秧歌会表演"堆山子"时，搭太平车、麒麟送子、太平有象等山子为收场，以示表演完毕退场的程序了。

  "山子"有"太平车山子"，渔翁在上，状如垂钓渭水河边之姜太公。"象奴山子"由众人搭成大象，小二哥在前牵象或骑在象上。"麒麟送子"，小二哥骑或站在由众人搭好的麒麟之上。均是太平吉祥的喻意。秧歌唱词曲调多且富变化，有太平年、一绺莲花，一母一母嘿等拖腔衬字，即是曲调特征。另有《小五佛》《大五佛》，是庙会进香时秧歌会必唱的段子。还有《小八仙》《中八仙》《大八仙》等赞颂神佛的古歌。秧歌演唱有单曲，多为八句。有问答，为对唱表演。还有群曲，一人领唱，众人相合。四月十五山神庙会，除进香膜拜，秧歌会也有敬山神的古歌演唱于神庙。

据说，杨树底下村秧歌会有很多自编的唱词，由12个角色各自演唱，反映出古老的伦理道德，具有劝善和教化作用。如老坐子（文扇）有《十瞧》唱词："西北玄天字两行，张良留下劝人方。养儿就往南学送，养女娇娆多贤良。一瞧人情大道理，二瞧走道莫张狂，三瞧厨房多干净，四瞧淘米打澄浆，五瞧登科知郎秀，六瞧裁剪作衣裳，七瞧寒窑王三姐，八瞧磨房李三娘，九瞧断机来教子，十瞧哭倒长城女儿孟姜。"

通过这首唱词，表明杨树底下村的秧歌会历史久远，具有自身优势，是比较有乡间艺术特色的会口。

街头风貌掠影

2007年9月11日，我曾在杨树底下村考察。街道边一簇簇西番莲昂首怒放，颜色艳丽。墙头上的葫芦、倭瓜硕大如斗，黄绿相间，缀在瓜秧上。三三两两的妇女坐在街边石条上绣制鞋垫，纹饰花色十分俏丽。村中的两处碾盘边，村民们赶着毛驴团团转，正在碾压脱粒，一问是黍子，脱粒后的黍子穗还可扎扫炕笤帚。碾子旁簸箕、叵罗里金黄的黍子流金溢彩泛着光泽，即俗称的大黄米。一位70岁上下的老人在街边休息，身边放着一个背负农作物的梯架，颇具古意。梯架如同一个上下有收分的小梯子，有竖边撑、横撑四道，梯架上部两边伸出部分称耳子，用于背谷物时袢捆之用。梯架完全以桦木制成。梯架前部拴有两条皮带，携带及背物时皆可以背负在身后。山民以此背负物品，如谷草、柴草等，放置于架上以麻绳捆牢，背起后贴身牢固，是一种传承古远的运载工具，此类梯架只有

北部山区使用。旧属宛平、大兴县的平原地区用"∩"型提梁的背筐,而京西山区一带农村旧时则一律使用背篓,房山区百花山南一带的山区农村除背篓外,也有使用背筐的。这些筐篓一概用荆条编制,是历史悠久的运载工具。街边、庭院间都晾晒着核桃、杂粮,一派丰收景象。而玉米、高粱要到"十一"之后才收获。杏仁油、核桃油也是本地特色的物产。

从村南向北远望杨树底下村,一条东西走向的山梁横亘村后,并有一圆形山峰临近村落。这条高大浑厚的山梁称为惊山梁,此山的气度确实超凡脱俗。

附录:二郎神、太阳和马齿苋的风俗与传说

马齿苋的故事

马齿苋,北京民间称马蛇菜、死不了,生命力极强。民间常采集食用或入药。我在房山琉璃河西周燕都遗址博物馆工作期间,着实地领略了它的生命力与食用价值。采集后洗干净用热水焯过,以辣椒油凉拌,确是一道美味。紫色的茎、绿色的叶,红红的辣椒,黏黏的口感,颇为下饭。马齿苋本是平常野菜,而它挽救太阳的故事,又是如此的富有艺术感染力,今将与二郎神、太阳、马齿苋有关的故事收集于此。马齿苋这种中国的野菜,竟然被民间赋予了如此多的信念与寄托但是杨树底下村的先民认为,马齿苋的风姿不如大青杨的伟岸,于是他们把挽救太阳的功劳给了本村的大青杨树,他们把热爱家乡之情寄托在家乡的风物之上。

马齿苋在我国分布甚广,是一种古籍上早有记载的对人类有贡献的野生佳蔬。它叶青、梗赤、花黄、根白、子黑,故又称五行草。它鲜食干食均可,作草当粮都行,而且有着很好的

医疗作用。马齿苋又叫长命菜，它不怕太阳晒，这还有个故事呢，叫二郎爷担山赶太阳。据说，在很古很古的时候，天上有十个太阳，只有白天，没有黑夜，烤的人们受不了。玉皇大帝派二郎爷去灭掉太阳，二郎爷担山赶太阳，追上一个就把它压在大山下面，一口气压住了九个太阳。最后只剩下一个太阳了，这最后一个太阳吓得从东往西就跑，二郎爷挑着两座大山在后面就追。太阳跑得快，二郎爷追得也快，太阳在跑的时候看到一棵马齿苋，一伏身藏到马齿苋叶子下面，二郎爷挑着两座大山赶过来，急急忙忙大步跨过去了，也没有发现太阳藏在马齿苋下面。二郎爷追了好远，也没有追到太阳，就把两座大山放下，就是现在的太行山和吕梁山，又把扁担往太行山的山尖上一插。现在太行山的山尖上还有一个大坑，那就是二郎爷插扁担的地方。马齿苋救了太阳，太阳为了报答它的救命之恩，对马齿苋说："以后不管多么干旱，我也不晒着你。"所以马齿苋又叫长命菜。

二郎神担山赶太阳

远古时天上有七个太阳，这些太阳像车轱辘一样轮番升起，永不停息，所以世界上永远是只有白昼，不见黑夜，天气十分炎热难耐，很多人惨死在酷热的太阳之下。二郎神为解脱人们的苦难，于是就担起两座大山去捉太阳，捉住之后就把太阳压在一座大山的下面，一连六天，很快便压住了六个太阳；第七个太阳吓得不敢在天空中再露面，这样又只有黑夜没有了白天，人们也无法生活。后来太阳接受二郎神的要求，一半时间藏起来，一半时间升起来，这样就有了白天和黑夜，从此太阳每天就这样周而复始地按时出没。

保俶寻太阳

远古的时候，一天清晨，太阳升起不久，忽起狂风，乌云翻卷，太阳从此就不见了。人皆生活在黑暗冷湿之中，庄稼不长，树不绿，花不红，苦不堪言。住在西湖宝石山的刘春决定去寻找太阳，不幸死于途中。他的妻子生下遗腹子名叫保俶，生而奇异，三阵风后即长成彪形大汉。保俶继承父志，踏上寻找太阳的路途。保俶历经艰险，终于战胜东海魔王，将太阳重新托出海面，从此太阳恢复了正常的运行，保俶则变成了启明星。

马齿苋是太阳的舅舅

听老人们讲，马齿苋野菜虽不起眼，但它却是太阳的亲舅舅。

远古的时候，有一天天上突然出现了九个太阳，走马灯似地悬在天空。从此以后人间就只有白天，没有了黑夜，大地像被大火烘烤着一样。下界的生物大多无法生存，眼看所有的物种都要毁灭了。于是玉皇大帝令二郎神杨戬担山赶太阳，要他把所有的太阳都压在山下。有八个太阳被二郎神赶上后，压在了山下。只剩一个太阳侥幸脱逃，到处寻找躲藏的地方，可是它到了哪儿，哪儿的东西就灰飞烟灭，已无处可藏。突然太阳想起了自己的舅舅，就跑来找舅舅马齿苋。马齿苋只好把太阳掩藏起来，二郎神寻来找去，就是找不到最后一个太阳，后来才知道它藏在马齿苋底下。可是遍地都是马齿苋，二郎神费了很大的劲，愣是找不到藏在哪棵马齿苋下。

二郎神便向玉皇大帝禀报这件事，玉帝听了，派出托塔天王李靖和天兵天将来协助。李靖下界一看，遍地都是马齿苋，比天兵天将不知多了多少倍，于是托塔天王就采用了怀柔策略。他问马齿苋为何违犯天条，庇护太阳？马齿苋回答说：二郎神心黑手狠，要把太阳斩尽杀绝，太阳多了是祸害，但是，如果一个太阳也没有，下界将会是一片黑暗，地上的苍生将会万劫不复。为何不为天下苍生保留一个太阳呢？托塔天王一想很有道理，于是上报天庭。玉帝召集众仙商议，四大天王说：太阳实在可恶，祸害了天下无数的苍生，应该斩尽杀绝。太白金星说：如果天上要是没有了太阳，下界就失去了光明，天下苍生将永远生活在黑暗之中，将沦为万劫不复之地。于是他建议，为了惩罚太阳犯下的大罪，决定让最后一颗太阳戴罪立功，将太阳打入东海，罚它长途奔跑六个时辰，然后从东海升起，为大地苍生提供光明和温暖。再奔跑六个时辰，从西山落下，天天如此。这样就有了白天和黑夜，十二个时辰为一天。

所以，如果谁要把马齿苋拔起来，放在太阳下晒，很长时间都晒不死它；如果是松软的土地，它就把根扎下去，又会生机盎然。为什么马齿苋晒不死呢，就因为它是太阳的舅舅，对太阳有恩。

山西长命百岁饺

山西河东地区民间流行吃长命百岁饺的风俗习惯。人们在给儿童过3岁和12岁生日时，长命百岁饺是必须食用的一种风味独特的饺子。相传，远古时天上有十个太阳，当年二郎神担山赶太阳，把九个太阳压在了山下。剩下的一个太阳藏在马齿苋下，躲过了被压的命运。为了感谢马齿苋的大恩，从此太阳光不晒马齿苋，人们就将马齿苋称为长命菜，并且用马齿苋、猪肉、黄花菜等做馅儿，包成的饺子就是长命饺子。吃了长命饺子的儿童健康成长，老人健康长寿。吃长命饺子时，当地人还要浇羊肉臊子或猪肉臊子，一同进食，风俗习惯与其他地区迥然不同。

山西平遥民舞——货郎担

平遥有民舞艺术货郎担，这个民间舞蹈据说源于"二郎神担山赶太阳"的神话传说。扮演二郎神的舞者，跨步甩臂，一条扁担颤颤悠悠担着沉甸甸的假山。独特夸张的舞步，刚劲的身板雄姿，活脱脱一个下凡的二郎神。舞蹈表现了古代劳动人民不畏艰难、乐观豪迈的精神。后来，人们借着这热闹红火的场面，庆贺五谷丰登或买卖兴隆，又演化成挑大南瓜、大白菜、家禽家畜，甚至杂货用具。有的货郎担还装有蜡烛，既闹了红火，又寄托着美好的愿望，也进行了物资交流，可谓是一举三得。平遥的货郎担以东城、县百货公司为佳，所担的花灯，制作精巧，色彩鲜艳。表演者技巧高超，大幅度的舞蹈动作中，灯心的蜡烛火苗保持平稳，不跳不歪，正常燃烧。

河北蔚县点旺火习俗与二郎神担山赶太阳

为啥大年初一要五更起来点旺火呢？其中的说法很多。有的说，早先年人世间有一种动物叫"九头鸟"，这种"九头鸟"其毒无比，每年正月初一，它们要结伴出来寻找食物。这种不祥之物落在哪里，哪里就会常年不得安宁。而这种"九头鸟"最怕火光，于是人们便在初一五更起床点旺火，祛邪除害。也有人说，姜太公一生公正无私，他奉命辅佐周文王立国后，按功德封神毫无偏差，所有缺位安排完了，唯独没有自己的神位。玉帝得知此事后，念他大公无私，特封他为天地神，一年三百六十五天，想去哪里就去哪里，不管走到哪里，诸神都要给他让位。但是，因大年初一是一年之首，诸神归位与民同乐，姜太公不愿扫大家的兴，就自个躲进了深山老林。老百姓得知情况后，就在院中点旺火迎接姜太公一同欢度新年，说是姜太公一来可以免灾祛病，吉祥护身。

在蔚县境内小五台山壶流河畔，却流传着这样一种新鲜的说法，点旺火就是拜火神。相传远古的时候，火神爷为显示他的威力，从他住的光明宫里放出了12个爷爷（太阳），一下子把大地烧得裂开了缝，处处冒火生烟，人间遭受着苦难。当时，玉帝的外甥二郎神很同情受难的老百姓，为了治服火神为民解难，便找来一条扁担两只筐，担起11座大山赶太阳，即俗语所说"二郎神担山撵太阳"。他不畏艰难险阻，不怕山高路远，跨过99条大河，翻过99座大山，把11个太阳压在了山底下。还剩下一个太阳，让它给大地带来温暖和光明，让万物得以茁壮生长。从那以后，人们就把这唯一的太阳光称为圣火。常言说：一年四季春打头，众人添柴火焰高。为迎接暖烘烘的春天，人们就要在大年初一这天，起五更点旺火，拜火神接圣火。这一古老风俗，代代相传，至今不衰。

点完旺火，放爆竹，响鞭炮，其声累加如贯珠。铺地犹如红云锦，取意驱邪逐秽，开财门，接天地。然后，各家各户由长辈领着全家老小，到每个庙里敬香，叫缘庙。并在庙前燃点旺火，这个活动叫迎喜神（迎财神）。有趣的是，在参拜仪式进行的时候，不管大人小孩都要保持安静，不能说话。恭敬地敬香、点旺火之后，就赶快回家。据说喜神忌讳惊吓，如果谁家的孩子不慎乱说话怠慢了喜神，全村人都要埋怨他。

后山铺村婚礼习俗

宋庆丰

琉璃庙镇后山铺村,是个地道的山村。该村自清中期成村以来,村里民风纯朴,婚俗隽雅。后山铺村位于南北交通要道之冲,所以,自古以来此村商幌高悬,店铺林立。过往的官民行客、商贾市人多宿住于此。因而,使这里的风俗既有其自身特色,又融合了其他地区的内容,从而形成了一种独特的民间文化形式。

琉璃庙镇后山铺村,据《北京市怀柔区地名志》记载,该村于清朝中期成村。过去,后山铺紧依怀柔通往河北省丰宁县的唯一山路,故此,该村建有旅店和商业店铺,以方便往来之人。又因村庄位于一个名曰分水岭梁的北侧,人们习惯将山的南侧称为前山,将北侧称之为后山,故名后山铺。

后山铺现有140户,400口人,全村耕地约200亩,山场面积约18000亩。

后山铺村的婚礼习俗,随其成村伊始便已有之。清康熙年间(1662年),后山铺村的婚礼习俗,也和怀柔地区其他地方一样延续传承。据清朝康熙年间《怀柔县志》记载:"昏(婚)礼,民间婚取(娶)甚早,大抵女子十二三即出嫁,其纳巾、加笄、铺妆、迎亲,略用古礼……"所以,到现在,后山铺村的婚礼习俗,已有400多年的历史了。

后山铺村的婚礼仪式程序,大致可分为接亲(送亲)、拜堂、喜宴、认大小等。

接亲，或称迎亲、娶亲。男方择吉日后，雇请花轿（过去一般由轿子房提供），到女方家接取新娘，俗称迎亲。接亲的（或称娶亲的）由接亲客、打灯笼的、吹鼓手等组成。新娘上轿以后，花轿行经碾子或水井时，需用红毡遮盖，以避不吉。因为古时人们认为碾子、石磨等为"白虎"，水井为"青龙"，故需避之。花轿到男方家门口时，要鼓乐齐奏，鞭炮齐鸣。拜堂仪式开始时，要由一女宾搀扶新娘下轿。新娘下轿后，步履红毡。红毡由打灯笼的人倒铺入院，院内摆放马鞍，扶新娘迈鞍而过，俗称"平安"。院内或堂屋设有天地桌。此时，新郎与新娘拜天地、拜高堂等。然后，新郎、新娘入洞房。宴席随即开始。在宴席中，新娘由家人陪同，到各桌亲戚间"认大小"，亲戚诸人掏"拜钱"……

民间婚礼仪式中的"送亲"程序由女方家完成。新娘上轿前换上嫁衣，蒙上盖头，须大哭上轿，俗称"哭轿"。女方送亲的人由送亲的、押嫁妆的、挂门帘等人组成。送亲的人到了男方家，被称"新亲"，一般多由女方亲属组成，在男方家被视为贵客。

后山铺村一般家境富裕者，多用花轿娶亲。而穷户人家，则用马、骡等接亲，并少用吹鼓手相伴，但婚礼仪式程序不变。

后山铺村的婚礼仪式很有讲究。比如，接轿、送轿、喊棚等。男方接亲人（多为女性）随轿去女方家。接亲时，所去人数必须为单数。女方家在接亲人到来后，要吃"上轿茶点"。新娘穿戴打扮后，由新娘的哥哥或其他亲属抱上花轿。走时，此行人数包括新娘必须为双数。

当花轿到了新郎家，新娘从轿门出来后，脚下不能沾地，必须放一板凳让新娘蹬上。同时，新娘要由两个女人搀扶，而

搀扶者须是儿女双全之人。然后，新娘迈火盆意喻婚后生活红红火火、迈马鞍喻平平安安等。

当新娘下轿迈火盆、迈马鞍后，踏上铺在地上的红毡子时，知客要喊棚，也就是要说一席套话，或称念喜歌。

> 新娘下轿玉女搀，
> 喜神、贵神围着轿儿团团转。
> 轿上坐的这位贵人可不平凡，
> 好似仙女到凡间。
> ……

在新娘脚踏红毡时，需有人往前倒毡子，一直倒至拜堂的屋舍前。倒毡时，每倒一步，知客念道——

> 一倒毡，撒金钱，富贵荣华万万年。
> 二倒毡，撒银钱，富贵荣华万万年。
> ……

当新郎、新娘拜堂后，宴席开始时，知客念开席喜歌，高声且拉长声音喊：

厨房的大师傅们，在厨房烧火燎肚，烟熏火燎。众亲友们开席喽！

先偏厨房大师傅喽！

待众人开席后，知客继续念：

> 我一进大门抬头观，
> 我只观见，
> 东家的老宅院喜气又冲天。
> 我当喜气冲天为何事，
> 原来是老东家给小东家结婚缘。
> 今天中午摆酒宴，

亲公亲母敬酒到席前。

……

当家人陪新郎、新娘到各桌认亲,新人给客人满酒时,知客念到:

这张菜桌地上铺,
新郎新娘到这屋。
众亲友们千行又万里,
挨冷受冻、费心跑腿,
风尘又仆仆。

……

当新郎、新娘晚上入洞房时,有人在洞房门口念到:

红红的花轿真叫怪,
抬着新娘走得快。
新娘新娘你别忙,
下轿以后拜花堂,
欢欢喜喜入洞房。

(反复念)

最后,当新郎、新娘或新郎家人为厨房的大师傅斟酒时,知客还要念喜歌。

知客念喜歌结束前,还要喊一句话,这句话俗称"锁口",即知客锁住话语,不再念了。这最后一句是:"新郎、新娘请回了,端盘的、满酒的、菜热酒满用心伺啦!"

解放以后,由于各方面原因,后山铺村的民间婚礼仪式逐渐取消了新娘的盖头、迈马鞍、过火盆、拜天地等古老形式,但接亲、送亲、拜父母、出份子、认大小、宴请宾朋等风俗仍保留至今。

敛雀饭民俗探源

魏洲平

一、前　言

北京市怀柔区杨树底下村的敛雀（巧）饭风俗，是北京传统民俗中比较古老、典型而独特的一种。

敛雀饭风俗大致是这样的：

北京市怀柔区杨树底下村，在每年正月初一至正月十五间，由十二、三岁的少女，用拜年的机会到各家敛收各类粮食、菜蔬，待正月十六日这一天，由村中成年妇女帮助，把这些食物做熟，全村女人一起分食之。做敛雀饭时，锅内要放入顶针儿、针线、铜钱儿等物。如果谁吃到了这些东西，就意味着这个女人（孩）心灵手巧、聪慧、能干，证明此女艺巧、财通、福气，是最幸福的人。

关于这一风俗形成的历史渊源及传承状况，目前尚缺乏深入研究。因此，关于这一民俗的概念，及其形成的历史、人文背景还是比较模糊的，尚待从更广阔的社会历史视角和地域文化环境进行探讨。

为了探究敛雀饭这一民俗更深刻的文化内涵及其发展脉络，本文试图就敛雀饭与有关民俗的历史渊源、传承关系、内涵比较、较为恰当的称呼等方面作一简单探讨。

二、年轻村落与古老民俗内涵的明显矛盾

民俗是创造于民间,又传承于民间的具有世代相习的传承性事象。在一个国家或民族中的某种社会形态结构里,民俗是足以影响和约束人们的道德教化力量的社会文化。孔子曰:"移风易俗,莫善于乐;安上治民,莫善于礼。"民俗的这种约束力不凭借法律,不依靠历史典籍,也不需科学文化的验证,而是依靠习惯势力、传承力量和心理信仰。因此,其形成的必要条件,应包括其本身的文化内涵、社会基础也就是信奉、传承的群体和一定传承线路及历史跨度。民俗文化的形成,是人的精神活动、思维意识与社会物质生产水平、生活内容、生活方式、自然环境相适应的过程。只有某种社会文化现象满足了上述条件,才可以叫某地的某种风俗。如果上述条件有一项不能满足,都不足以形成或称作民俗。

北京市怀柔区杨树底下村与北京整个城市的历史相比较,应属一个较为年轻的村落。据《北京市怀柔县地名志》记载:"(杨树底下村)霍、靳二姓为首居户,清嘉庆、道光年间陆续迁来,渐成聚落。"北京市怀柔区琉璃庙镇人民政府在敛雀饭风俗申请国家级非物质文化遗产代表作项目报告《杨树底下村敛巧饭风俗》中,将上述历史记载进一步具体化,称:"杨树下自清朝嘉庆(1796)、道光(1821)年间就有霍、靳二姓迁来成村,敛巧饭自那时就已开始,到现在至少已有180年历史。"而从敛雀饭风俗的基本特征、传承方式和影响力等方面看,其内涵应该是十分古老的。从民俗形成的必要条件来说,杨树底下村如此年轻的一个村落,尚缺乏产生敛雀饭这一内涵如此古老、厚重、成熟民俗的条件。因此,敛雀(巧)

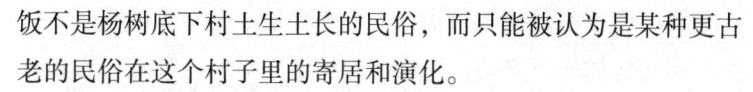

饭不是杨树底下村土生土长的民俗，而只能被认为是某种更古老的民俗在这个村子里的寄居和演化。

敛雀饭风俗最基本的特征是女人专有的活动。新中国成立后出现的男人介入情况是非常特殊的现象，对这种情况后文另有论述。比如，所有介绍该风俗的资料都说，在新中国建立以前的漫长历史时期内，均是"由十二、三岁少女，敛收粮食、菜蔬，在正月十六日这一天，由村中成年妇女协助，把这些食物做熟，全村女人一起分食"。可知，敛雀饭风俗是一种典型的女人专有风俗活动。

女人专有风俗的起源可以追溯到远古母系社会，或者说这是母系社会的一种文化遗存。人类早期，认为妇女是人类繁衍的主体，对女性存在神秘、敬畏和崇拜感。因此，妇女不仅是社会生产、生活的主体力量，也是文化的主角。在东方，诸多创世神中，女神就占了多数。如汉族抟土造人、炼石补天的女娲，满族阿布卡赫赫，壮族女米洛甲，苗族蝴蝶妈妈等等。在西方文明中，女神可能更多。

我国民俗中有大量的女人专属习俗，如清明节女人洗浴，望月时的拜月，七夕节的乞巧、拜织女等等。而且女人的这些活动是长辈和男人均不得干涉的。随着社会的进步，人类生殖迷信的破除，特别到了以男性为主的父系社会里，妇女的社会地位日渐衰落。受程朱理学影响，宋代对妇女更为轻贱、蔑视。到清代晚期，妇女的社会地位已经跌落到历史最低点。由此可见，敛雀饭风俗中，十二、三岁女孩敛百家菜蔬、食粮，然后由女人聚而食之，并在食物内放置顶针儿、针线、铜钱等物，以祈求才艺、富贵的情节，决不会是于清代中、晚期，才突然创造出来的"新"民俗。

杨树底下村敛雀饭风俗的一个重要情节是：传说霍、靳二姓在定居杨树底下之初，不小心把从别处借来的唯一一点粮食种子，遗撒在了石缝里，是山上的各种鸟雀用尖喙帮他们衔出来，使他们重新得到了救命的粮食种子。为此他们许下宏愿："多谢神雀相救，来年种出粮食，我们不吃，也要先敬奉你们！"从此，敛雀饭风俗中就有了"做熟'敛雀饭'，先来敬山雀"的情节。在敬奉山雀时，还要高唱民谣："小山（家）雀儿你别急，你吃的东西预备齐，请你快快飞呀来这里，好吃的东西等着你（另为：因为这里有吃的）。"虽然，这首歌谣本身有明显的当代人意识混杂其中，但"扬饭敬雀"的鸟雀崇拜的灵魂却异常鲜明。这足以证明，杨树底下村的"敛雀饭"确是来自一种非常古老的民俗。

对鸟雀的崇拜是人对动物崇拜的重要方面。这种崇拜可追溯到原始社会晚期的原始公社时期。在我国古代神话传说中，对鸟雀的崇拜描写俯拾皆是。相传，炎帝小时试种草木时，见到风雨吹断了枯树枝，枯树枝将土地砸翻为新土。受此启示，炎帝发明了翻土的耒耜。后来，他的精神感动了玉皇大帝，于是，玉帝派了一只神鸟带了些谷种，帮炎帝种植在开垦过的土地上。这只神鸟还邀请来太阳神、雨神和土地神一起帮助炎帝种植，这只神鸟就是布谷鸟。

精卫鸟的传说是流传更为广泛的故事。《山海经·北山经》记载："发鸠之山，其上多柘木。有鸟焉，其状如乌，文首，白喙，赤足，名曰精卫，其名自叫；是炎帝之少女，名曰女娃。女娃游于东海，溺而不返，故为精卫，常衔西山之木石以填于东海。"精卫神鸟衔石填海的不懈奋斗精神，已成为中华民族精神的典型象征。

在鸟雀崇拜的传说中，最生动、最经典的莫过于"天命玄鸟，降而生商"的故事了。相传，曾帮助大禹治水的殷契就是其母简狄在户外洗澡时，吃了玄鸟蛋，而受孕所生的。契长大后，协助大禹治水有功，成为了殷商的始祖。

玄鸟是什么？玄鸟就是凤。凤是鸟中之王，它与龙、麒麟、龟同为中国传说中的四大吉祥物。几千年来，凤一直被视为美丽、吉祥、善良、宁静、有德、自然、顺天道、尚人文、致太平、向光明的象征。因此，殷商特别崇信玄鸟，商代的青铜器上铸有很多变幻无穷的凤纹图案。1976年河南省安阳殷墟妇好墓还出土了一件异常精美的玉凤，高13.6厘米，厚0.7厘米，现藏中国社会科学院考古研究所。这在同历史时期的文物中是很特别的。

中国哲学特别从鸟的空灵、自由、自在精神中获得了灵感，于是产生了庄子的《逍遥游》。东方的鸟雀鲲、鹏、鸠鼓动着自由的翅膀，在庄子学说的天空中冲腾、翱翔。

鸟还是爱情的最佳象征。"杜鹃泣血"就是突出一例。古蜀国帝王望帝杜宇与一位美貌女子相恋，因爱情最终失败，杜宇抑郁而死。之后，其魂化为子规，又名杜鹃。每年二月，杜鹃在春天的山林原野中不停的叫着"不如归去"，其声凄婉哀绝。痛极处，杜鹃的嘴还会滴出鲜血。由于望帝曾为蜀国治水有功，被百姓深深爱戴着，蜀人为怀念他，就把杜鹃叫做杜宇。"庄生晓梦迷蝴蝶，望帝春心托杜鹃"，这一神话故事后来被唐代大诗人李商隐保留在他谜一样的《锦瑟》里。

《孔雀东南飞》是又一个美丽的爱情悲剧故事。焦仲卿的妻子刘兰芝因不被婆母接受，最终被活活拆散，后来两人双双殉情。"两家求合葬，合葬华山傍。东西植松柏，左右种梧桐。枝枝相覆盖，叶叶相交通。中有双飞鸟，自名为鸳鸯。仰头相向鸣，夜夜达五更。"这是美好的文学范本，更是优秀的道德教育范例。

春秋时，有个人叫萧史，善吹箫，颇得秦穆公喜爱，秦穆公就把爱女弄玉嫁给了他。从此，萧史就教妻子弄玉吹箫。有一天，夫妻两人一同吹箫，竟引来一龙一凤，于是，弄玉乘凤，萧史乘龙，化仙飞升而去。这应该是古人假借凤鸟对圆满爱情的一种最美好的诠释了。

人与鸟本来就同是自然的儿女，人与鸟自诞生后，就同享一片蓝天，同享山野里的食物，他们没有理由不和谐相处。鸟雀崇拜本身的原始性、神秘性已经说明这是早期人类的一种宇宙观，是对人鸟关系的一种朴素认识。虽然，这种古老民俗产生于生产力低下，人们认识蒙昧的年代，但其中反映的天理人情、文化观念却是天然合理的。没有先人这种超然的美丽想象，就产生不了七夕鹊桥、嫦娥奔月等优美神话，更不会有今天的人类飞天、探索太空的壮举。从这点来说，杨树底下村敛雀饭风俗中的鸟雀崇拜是一种美丽的文化现象，值得我们去保护和珍惜。

综上，杨树底下村这一较年轻的村落，与敛雀饭古老内涵的明显矛盾，不得不使人认为敛雀饭风俗应该别有渊源。

三、敛雀饭风俗与乞巧节的惊人相似之处

敛雀饭风俗，特别是其中只有女人参加，以及在食物里放置顶针儿、针线、铜钱，以乞聪慧、富贵等情节，与七夕的乞巧节有惊人相似之处。

乞巧节源于七夕节的拜织女习俗。而拜织女又源于拜月习

俗。乞巧节传承大约是这样的：

中国人认为，日为阳，月为阴。于是日、月就有了男人、女人的象征意义。爱情是男女间的事情，因此，特别是月亮，也就有了爱情之神的象征形象。有了爱情，就要联系到婚育和生殖。古人拜月是一种生殖崇拜，或叫母性崇拜。

唐人陆德明在为"圭璧以祀日月"（《周礼》）一句作的释文中说："祭日月，谓曰，春分朝日，秋分夕月。""夕月"就是指秋分晚上的祭月。立秋之后，空气更为洁净，月亮也更为明亮。古人就是在这样"玉魂泻，纤云渺"的晚上，举行"拜月祭"活动的。许多资料证明，最晚在西周时，已有了拜月习俗。古人，特别是古代年轻女子，更愿意在这夜深人静之时，对着明月倾诉心声、发下心愿，盼望在爱情、生育、生活、生产方面能得到月神的帮助。古典文学作品中，描写拜月的情节很多，最著名的大概要算貂蝉祭月（祈祷早除董卓）和崔莺莺拜月（盼望与张生早成眷属）的故事了。

除了月亮之外，夜空，尤其是夏天的夜空，最灿烂的星群就是银河，最明亮的星星就数织女星和牵牛星（牛郎星）了。因此，女人在拜月习俗基础上，在七夕庆贺牛郎、织女相逢的日子里，又发展起了拜织女的聚会活动。七夕之夜，少女、少妇们相约友好聚在一起，摆一香案，上置香炉及由参与人分别带来的茶、酒、水果等祭品。水果一般是具有生殖崇拜象征的五子：桂圆、红枣、榛子、花生、瓜子等。由于是女人的聚会，香案上亦可摆放鲜花。参加聚会的女人，须在白天斋戒、沐浴。正式祭拜仪式一般是由年长或有威望的女人主持。主持人焚香后，大家依齿为序，依次向织女星虔诚礼拜。礼毕，大家一起围坐案前，边吃花生、瓜子、红枣等，边朝织女星，默

祈自己的心事。女孩儿可以祈祷希望长得漂亮，或将来嫁个如意郎君；少妇们可以祈祷早生贵子，夫妻恩爱、家庭和睦。当然也可以祈祷爹娘康健，阖家吉祥。其中，祈祷织女赐给自己智慧、让自己心灵手巧是拜织女聚会的中心内容——这就是乞巧节的由来。

乞巧节，源于汉代。东晋葛洪的《西京杂记》有"汉彩女常以七月七日穿七孔针于开襟楼，人俱习之"的记载，这是关于乞巧的最早记载。妇女乞巧风俗在唐宋诗词中，屡被作为诗材，唐朝王建的"阑珊星斗缀珠光，七夕宫娥乞巧忙"。《开元天宝遗事》也记载唐太宗与妃子每逢七夕在清宫夜宴，宫女们各自乞巧。这一习俗在民间经久不衰，代代延续。

宋元之际，七夕乞巧风俗已相当隆重，当时，京城中已有售卖乞巧专用物品的市场、店肆，世人称之为乞巧市。宋罗烨、金盈之辑的《醉翁谈录》中提到："七夕，潘楼前买卖乞巧物。自七月一日，车马阗咽，至七夕前三日，车马不通行，相次壅遏，不复得出，至夜方散。"这段话，生动记录了乞巧节日市场购物的盛况。人们从七月初一就开始办置乞巧物品，到了临近七夕的时日，乞巧市场上车水马龙、人流如潮，摩肩接踵，歌吹沸天。由此可见，乞巧节之隆重、盛大一点也不逊于春节。亦可见，乞巧节影响力之巨大。

已故民俗学家张紫晨先生曾说："七月七日乞巧节也经过多次演变，正如牛郎织女传说经过多次演变一样。其中两项记载很可考虑。一是星会说，谓此日为牛郎织女二星相会日。一是武帝于此日会西王母说。这两种说法，再加古诗'迢迢牵牛星，皎皎河汉女。纤纤擢素手，札札弄机杼。终日不成章，泣涕零如雨。'的描绘，便构成七夕于瓜下听织女哭泣的风俗。"乞巧风俗反映了低生产力时期的人们，特别是女人，渴望对自己生产、生活能力的提高，以从自然中获得更大利益、改善生活质量的愿望。

敛雀饭风俗中也有强烈的乞巧情结，这在北京民俗中是比较独特的。这一民俗的存在、传承，与杨树底下村独特的地理环境和人文环境有极密切的关系。杨树底下村地处京北深山，四周有崎峰山、云蒙山、黑坨山等美丽大山环抱，其绿色植被覆盖面在百分之九十五以上。白河的主要支流——琉璃河从村南淙淙流过，可称得上山清水秀。历史上，这里是中原地区与北方游牧民族的交界区。唐以前属渔阳郡，后晋时属契丹。村里人自称此地是南人之北，北人之南。虽然在社会生产力低下的条件下，这里的经济生产、物质生活较为落后和贫困。但这种极适于南北文化频繁交流、冲撞的优越地理条件，却是包括民俗在内的南北文化得以交融、生存、传播的最为理想的环境。因此，"乞巧节"这样古老的风俗，以"敛雀饭"这样富有创造性新意的形式，在这里得到很好的传承也就不足为怪了。

敛雀饭风俗特别在以下几方面与乞巧节有明显的继承痕迹：一、女子的专有集会；二、敛聚食物，女人共食；三、鸟雀崇拜情结；四、借物（顶针、针线等物）乞巧。从这些非常明显而又最为基本的特征来看，可以认为敛雀饭风俗就是乞巧节的演变和发展。

有人从节日的时间上提出疑义，认为乞巧是在七月七日，而敛雀饭是在正月十六，二者相距半年，没有多大联系。实际上，这种怀疑是一种认识误区。其主要是忽略了民俗在传承、演变过程中的变革性特点。民俗传承不是机械的照搬和移动，而是一定要适应当地的自然环境、社会生产力和人们的心理信仰的一种再创造。比如拜织女虽源于拜月，但完全可以不必拘泥拜月的时间，甚至也不必拘泥于崇拜的对象。再比如，除夕夜的食俗，在我国各地也多有差异：北方人讲究吃饺子，但北京西、北部山区很多地方讲究"三十晚上做很多豆子米（小米）饭。剩下的放到第二天吃，叫隔年干饭。吃饭要丰盛，还要有鱼，标志着年年有余"。（《门头沟区简昌村志》）而南方人却讲究吃年夜饭，可以没有饺子等等。因此，仅时间或个别细节的一些差异，并不能否定敛雀饭是源于乞巧节的可能性。

所以，敛雀饭不是对乞巧节的呆板复制，而是杨树底下村人在适应杨树底下村特有的自然环境、人文环境基础上，对乞巧节的一种聪明、主动地改造。因此，"敛雀饭"在时间上、表现形式上出现与乞巧节迥异的一些细节是可以理解的。

四、敛雀饭风俗的传承路线及其他

关于由乞巧节到敛雀饭的演变脉络、传承路线，笔者认为应该是由南渐北。

学术界一般认为中国四大民间故事基本都源于我国南方，如《牛郎织女》发生在河南南阳城，或安徽；《孟姜女》发正在山东济南；《梁山伯与祝英台》发生在东晋时期的浙江；《白蛇传》发生在江苏。虽然源自七夕的"乞巧"风俗流传范围很广，但也主要流行于我国南方或接近南方的安徽、江浙、湖北及山东、河南等地区。在杨树底下村采风时，我国著名民俗学专家刘铁梁教授的学生韩国民俗学博士尹瑛玑女士告诉笔者，韩国也有"拜织女"和"乞巧"的习俗。可见，这一风俗在我国广大地区和我国周边一些国家广泛流行。

但有一个奇怪的现象，这就是"乞巧"风俗在我国华北一带并不十分流行。笔者是河北人，现年60多岁，童年时只知七夕，从不知"乞巧"。后来，笔者又在籍贯为山西、河南和山东及京、津一些地区的朋友间作了小范围调查，除门头沟有类似的节日，如秋粥节、夏粥节外，其他地方也鲜闻此俗。那么"拜织女"及"乞巧节"是如何由南方传播到北京怀柔及韩国去的呢？其细节虽然还有待进一步研究考证，但通过学习，笔者初步认为，最可能的传播路线就是历史上的人口迁徙。

值得注意的是，最早到杨树底下村落户的霍、靳两大户人家，正是由山东逃难迁徙到怀柔来的。山东南部接近江苏、安徽，在民俗上与南方多有近似。因此，乞巧节通过山东人流传到接近塞外的京北怀柔，甚至流传到韩国是可能的。因此，霍、靳两位山东人传承了乞巧节，又把乞巧节发展为敛雀饭，这不是一种偶然，而是完全符合民俗传承和发展的规律的。另外，自秦汉以降，直至明代，因修筑或守卫长城，有许多由南方迁来的移民在临近塞外的京北、京西一代落户繁衍生息。现北京的延庆、怀柔、密云、门头沟等地，仍有许多南方人的后裔。比如，据王金度编写的《齐家司志略》中武备条例记载，包括许多南方籍的外地移民在长城一带"春秋操演，选土著田舍，子并充之。讲武之暇，不废农务"。按当时军律，终生从军的将士，可娶妻成家，生子后亦定为扩充兵员，生活费用仍享受兵部供给制，发衣供粮，娶妻盖房。比如，门头沟小龙门村上边一片至今仍叫上营，河西一片仍叫教军场。由此推断，小龙门村显然属于军户成村，这里的居民多是当年修城、戍边军士的后裔无疑。这些早期南方人扎根在此，一代一代，将由南方带来的文化、民俗与北方的文化风俗相融合，从而产生了新的文化和民俗。

古时，由于陆路的交通艰难，中国与朝鲜半岛的文化、经济、政治、军事等等的交流，多由海上进行。两地最近距离是由山东荣成或威海到韩国的仁川，其间仅九十三、四海里。因此，朝鲜半岛与山东的联系历史是十分久远而密切的。中国与朝鲜半岛的文化基本都是汉文化。朝鲜半岛的文字、礼仪、官制、法律、以至风俗、地名等等都源自我国，与我国相同或近似。比如在民俗上，韩国人也同样过春节、端午节、中秋节等等节日。在食俗上也吃饺子、也包粽子。因此，笔者认为，像流传到京北怀柔一样，"乞巧节"也是通过山东流传到韩国去的。

另一个值得一谈的问题就是关于敛雀饭的名称问题。在所有宣传材料上，敛雀饭都写成敛巧饭，笔者认为这是一个值得商榷和探讨的问题。诚然，"敛雀饭"这一风俗来自于乞巧节并有浓重的乞巧情结。但敛雀饭风俗最基本、最中心的内涵是对鸟雀的崇拜。敛雀饭就是聚敛雀吃的饭，扬饭敬雀才是杨树底下村敛雀饭风俗的灵魂性标志。扬饭敬雀是对乞巧节新的发展和贡献。

杨树底下村历来粮少，据老人人们说，历史上，这里人们长年的食物一直是以山上的野菜、树叶为主，粮食占不到其中的十分之一。他们说，大多数野菜都可入药，是很好的药材。这些野菜和树叶，用今天的话说既是纯绿色食品，又都有药物保健作用，因此，当地人的身体素质不错，这种食物结构与这

里艰苦的生存环境很适应。自清嘉、道年间建村始，这种饮食结构，一直如此，只是在近些年才有了根本改善。

人毕竟应以粮食为主要食物，历史上杨树底下村这样严重的缺粮现状，让这里的人们对粮食的需求、渴望更为迫切。如此而言，扬饭敬雀是符合民俗传承中要适应当地自然环境和社会生产力这一条件的。因此，杨树底下村的这一风俗应该称为敛雀饭，而不宜称作敛巧饭。敛巧饭的写法和称呼，不仅与扬饭敬雀的风俗内涵多有不符，而且在字面上也牵强、费解。根据这一理由，笔者认为，敛巧饭应该写成敛雀饭。将这一称呼中的"巧"，换成"雀"，虽然只是一个同音字简单的替换，但会使这个民俗的原始含意显得更为集中和鲜明。重要的是，写成"雀"一点也不妨碍本风俗中"乞巧"内涵的存在和传承。根据这一理解，笔者建议今后将这一民俗写成"敛雀饭"，并从本文开始坚持使用这种称呼和写法。

敛雀饭风俗对乞巧节最重要的发展之二，就是新中国成立后，男人的介入、参与。"敛雀饭"将一个只属于女人的风俗活动，变成全村男女老幼的一个共同节日，这是历史的进步。这种进步，密切了乡情、人情，增进了人与人之间的精神联系，强化了社会的广泛交往，融进了更多的文化、科学因素，符合并真实体现了人与人、人与自然、人与动物的和谐关系，对创造更适合人类发展的社会环境、人文环境具有启迪和借鉴意义。

当然，由于受不良文化及不规范的市场经济影响，敛雀饭风俗目前也遭遇着濒危尴尬。村里的小山雀儿——年轻人都去追寻山外的精彩的世界去了，村里只剩了一些空巢老山雀儿——老年人。现在搞一次活动，基本需要大力借助行政力量的帮忙和经济杠杆的支持了。而民俗传承的重要条件群众性和自发性却在现实中遭到破坏和日渐虚无，这是对敛雀饭风俗的严峻考验。这一历史难题，是传统文化与现代文化冲撞的结果，也是文化发展中的一种自然选择。敛雀饭这种古老而优秀的民俗能否得到保护和获得进一步传承，就看我们这代人的努力了。笔者衷心祝愿我们的"敛雀饭"风俗好运！

五、结论

综上，本文认为北京市怀柔区杨树底下村敛雀饭风俗源自乞巧节，并有新的重大发展、创造。发展了的敛雀饭风俗，是非常适合本地经济、人文特点的，是一种健康的、有益于人民团结、社会和谐发展的优秀民俗。它的存在对研究、发展北京地区的优秀传统文化具有特殊意义。

主要参考资料：

1.《杨树底下村敛巧饭风俗》，北京市怀柔区琉璃庙镇人民政府国家级非物质文化遗产代表作项目申报材料，2007年6月20日。

2.《中国民俗与民俗学》，张紫晨著，浙江人民出版社，1985年1版。

3.《中国文学史纲要》（一），褚斌杰编著，北京大学出版社，1983年1版。

杨树底下往事如烟

刘嵩崑

白露刚过秋高气爽，北京民间文艺家协会一行10余人，应邀赴京北怀柔杨树底下村采风。当汽车驶入怀柔地区崎峰茶村、琉璃庙镇等处时，使笔者忆起37年前拉练时，曾途经此地，一直拉练到汤河口、喇叭沟门。当年似有穷山恶水之感，崎岖的山路坎坷不平，人们进趟城多么不容易，山里的产品运不出去，心里是什么滋味？那个年月，山区人生活贫困，山里人好苦啊！今天汽车沿着柏油马路盘山而上，多么便利，很快过了一村又一村，过了一庄又一庄。山，还是原来的山，水，还是原来的水，今天却显得格外山清水秀，风景宜人。进入琉璃庙镇地界，远远望见欧阳中石题写的"琉璃庙"巨石大字映入眼帘。转个山弯见一凉亭，经过了一个多小时的行程，在此稍事歇息，远望山峦叠翠，越看越感到大自然的美。驱车继续向前，沿着蜿蜒的山势迤逦而行，待车转过一个山弯，见一标牌方知此处乃是素有小黄山之称的云蒙山风景区，难怪风景秀丽如画呀！

经过三个小时的行程，来到了隶属琉璃庙镇的杨树底下村，下车便给人留下好感，心中暗想不虚此行。该村仅一条街巷，干净整洁，绝非临时布置的假相。村民热情真挚决无虚伪，他们和睦相处如同一家，尤其对老人极为尊敬。街巷两侧墙上挂有石雕的二十四孝图，说明村、镇领导对孝顺老人极为

重视。初识杨树底下村，就留下了美好的印象。该村面积5万平方米，现有151户，约320多口人。在村头66号宅院北侧有一株大杨树，枝繁叶茂，故此得名。

相传180多年前，这里一片荒凉，后有霍、靳二姓人家迁此立村。但要在此扎根生存，首先就得解决吃饭问题，就得开荒种地。要种庄稼，就得有粮食种子，此处无人烟，只可去往他处觅寻，时有霍、靳二人愿外出乞求。山区村稀，霍、靳二人经过长途跋涉，不知翻越了多少山岭，终于见到炊烟。它们兴奋不已，早已把饥苦劳累抛到九霄云外，急忙找到村人说明来意，好心人当即留他二人吃饭歇息，并赠送谷种于布袋中。可是二人归心似箭不敢久停，连忙道谢登程返回。由于山路难行，又是长途跋涉，早已疲惫不堪，若再翻过一道山梁就可见到大杨树了，可是二人实在走不动了，就于山腰处小憩，谁知一时不慎，谷种袋被一阵山风吹散，谷种被吹入石缝中，缝隙又太窄，手伸不进去，干着急也没用。两人后悔不该在此歇息，恰在此时，不知从何处飞来几只山雀，竟将一粒粒谷粒叼了出来。说也奇怪，山雀不但没有自己吞食，反而把谷粒全叼放在二人面前。霍、靳二人颇觉蹊跷，意识到这是雀神在相助，于是二人连忙跪地边叩头边说道："多谢雀神相助，待等庄稼收成后，即使我们自己不吃，也要先敬诸位雀神！"待二人叩谢后，那些山雀早已无影无踪。二人连忙收拾好谷种疾步如飞返回村中，忙将所遇神事讲与亲人知晓。为感谢神雀之恩，每年正月十六前后，村民做好饭自己先不吃，首先"扬饭喂雀（音巧）"，以示谢恩。此举由少女至各家敛收食粮、菜疏，然后熬成菜粥，待菜粥做熟后，随后抛向东西南北四面八方，并口中念念有词，以唤来麻雀啄食，名曰"敛雀饭"。杨树底下的这一乡村民俗，至今仍年年如此，形成风俗，即使在三年自然灾害之时与文化大革命时期，亦持续不断。此"敛雀饭"民俗，被有关部门拍摄成纪录片保存。现已申报国家级非物质文化遗产。

　　杨树底下村，主要是霍、靳两大姓，今已传至第十三代。他姓村民仅有梁、黄、常少数几家，他们同样加入到"敛雀饭"的行列。同时还有其它民俗活动同时进行，如高跷、旱船、跑驴、什不闲等民间花会表演活动，还要请戏班来此演戏，使活动达到高潮。大杨树旁原还有座小庙，供的是关羽，故俗称老爷庙。庙虽不大，但香火极旺，每年正月十六吃完"敛雀饭"后，各村花会都要来此举行拜庙仪式，然后依次走街串巷表演。尤其是本村的高跷会，水平高技巧多，不仅跷腿高于一般，而且能表演朝天镫、横岔、竖岔、跟头等高难技艺。待各花会全表演完后，最后再回到庙台处，这时花会队伍与请来的戏班互道辛苦，戏班便开锣唱戏。

　　位于杨树底下村不远处，有座山神庙度假村。顾名思义，此村原有座山神庙，它坐北朝南，正殿三间，左右偏殿各一间，东、西厢房各为三间。虽叫山神庙，但庙内西边却供奉着关羽，东边供奉山神，看来这里的人们对关羽十分敬重。庙内墙上有精致的壁画，如桃园三结义、三英战吕布等，还有雷公、闪婆、龙王都栩栩如生。此庙山门外，对面还有一小庙，名曰狐仙庙。庙后有一高大古松树，南面为一大广场，每年正月十五庙会之日，正月十六吃敛雀饭之时，逢年过节和重大庆祝活动时，都于此空场搭台唱戏，到时候四周的桑、榆树上，都会站满了孩童。每当谈起当年的情景，村里的老人们都津津乐道。

　　杨树底下村的老人，喜欢读书看报。村里还建有老年活动

站，不少老人还读过《三国演义》《水浒传》《西游记》《说岳》《杨家将》《七侠五义》《施公案》《彭公案》《雍正剑侠图》等。虽然他们文化不高，有的仅上过一两年私塾，但他们的知识都很丰富，而且好客健谈。他们历史知识丰富，对戏曲自然感兴趣，不仅别的县区剧团来此演戏，还从市里请京剧、梆子、评戏团到此演出。但请剧团来此演戏，毕竟次数有限，唱几天人家就走了，光唱什不闲满足不了村民的要求。于是有人倡议自组业余剧团自己演，爱戏的人当然赞成了，同时村镇领导也大力支持。大家一商量演不了京剧、梆子，就唱评戏。说干就干，大家伙儿集资购戏装，甚至有的个人还自制私房行头。为了学戏，特请来戏曲教师授艺。每当排戏之时，演员们特别积极，互相催促，有时都顾不上吃饭。剧团从十几个人发展到几十人，不仅各行当演员都有，而且文武场面齐全，还特制了舞台演出的大幕，几媲美正式剧团。当地人那时还不叫评戏，叫半班戏，俗称崩崩戏，曾演出过《祝英台》、《李三娘》、《走雪山》、《小女婿》、《刘巧儿》等。有时还根据形势需要自编小戏。他们不但在本村唱，还曾到琉璃庙镇去参加比赛。年逾七旬的靳洪柱老人谈到演戏，越说兴致越高，而且说的全是内行话，细一问，原来老两口子都好戏，当年都是剧团的人。靳老人不仅能打场面小锣，而且两口子都能粉墨登台。剧团每逢庙会，或秋收之后，或逢年过节，或物资交流会，都搭台彩唱。每逢将演出的"水牌子"一贴出，人们奔走相告。锣鼓一响，唢呐一吹，看戏者人山人海，年年如此。历经多年，领导班子换了多少届，昔日的演员如今都已到了暮年，山神庙拆了，老松树也没了，当年那热闹的场面已成为该村的历史。

多姿多彩的杨树底下村

张伯利

一年多来，我数次造访了杨树底下村，参加了敛巧饭民俗文化活动，领略了大山深处、风光绮丽却又原生质朴的村落景色。通过实地考察和对村民的详细了解，使我对这个村有了较为深层次的了解，给它归纳了十个奇。我所说的奇，不是指奇怪的意思，而是说它具有自身的特点、优长，有吸引人的独特之处，有值得人欣赏赞叹的地方。

第一村名奇。乍听起来，"杨树底下"不像村名。一般情况下，有以人名、山名、河名、地名等为村子命名的，而这个用"树底下"作村名实在少见。采访后得知，这名称原有出处。村口曾有一株杨树，树高林荫大，像一把伞。人在树下睡觉，从早到晚太阳都晒不着，可见其巨大。村民把它命名自己的村子，含有希冀树有灵性、荫佑全村、降福于人的意思。由此看来，这个村名起得相当独特，又有深意，可称是一奇。

第二历史奇。杨树底下村可以说是古来有之，据考证它的历史已超过180多年了，《怀柔县地名志》中有记载。据村民介绍，原是霍、靳二姓拖家带口逃荒来到这里，他们安了家并历经了几十代，香火不断。而今村里又融入别姓人家，使村子规模壮大了许多，形成了今天有一百多户人家的村子。在北京远郊，特别是偏远山区，经历数百年又有史可藉的村子并不是很多，而且由两个人落户建村的情况更是很少听说了。

第三环境奇。这个村子地处交通要道，由怀柔县琉璃庙镇到延庆县四海镇的几十公里长的道路正经过这里。过去，马路穿村而过，路两旁是住户，所以村子是东西向长，南北向短，形成一条线。一般情况下，马路应在村子边上，而这里马路却把村子一分为二，这种情况也是所见不多的，可算是奇特了。如今在村南边另修了一条路，汽车可以不用穿村而过了。

杨树底下村是地道的山村，它依山而建，背靠青山，面临群山，各家各户高低错落。村子的东西两侧，道路延伸在山谷之间，山谷幽深绵延，草长林密，峰奇水秀，有天然博物馆之称。从村子往东走，有泉水泻出，汇入琉璃河。河的两侧山景如画，山花烂漫，引人入胜。而往西行，则峻岭高峰，气势雄伟；山路逶迤，玉带横陈。因此，杨树底下村所处的环境用奇美二字形容应该是很恰当的。

第四民风奇。这里的村民共计有三百多口人，前面讲过，以霍、靳二姓为主。村民们民风淳朴，相互间赤诚相待，关系融洽，最有说服力的是村中每年正月吃敛巧饭。全村的各家各户共同做饭，共同吃饭，欢聚一堂，协力齐心，和谐友好，充分展现出村民们的良好风貌。

笔者采访时，见村里有几位老年妇女在做针线活，就向她们询问："村里可有民俗户农家院接待住宿？"她们摇摇头说："没有。"有一位老年妇女说："你随便敲哪家门，都会让你住下。我家就有现成的房和炕，你要不嫌弃，住我那儿也成啊！"我又问："住一宿要多少钱？"那妇女笑了，奇怪地反问："这还要钱？您老远地来到我们这个偏僻的地方，挺辛苦的，住上一宿哪能找您要钱呢！"这件事让我感慨尤深。在这商品经济时代，向钱看已不是怪事，可这里居然还保留着那淳朴的

思想，叫人心里挺热乎的。当然，从另一个角度讲，村民有必要转变一点点观念，经济往来还是应该的。最近看到一户比较富裕的人家在村西的几百米地方盖起了小楼，要办家庭度假旅店，说明他们也在追求合理的经济效益了。

第五群山奇。杨树底下村被群山环抱着，而且这里的山也颇具特色，就是象形的山峰较多。从村里的高处向南张望，在连绵的山峰中会发现有几座形状挺奇特的山。村的东南方有一座山的山顶三凸两凹，形似笔架，因而得名笔架山。西南方向也有一座山，山顶虽然也是三凸两凹形状，但线条圆浑和缓，更象一只元宝，因而叫元宝山。村里人以面对这两座山而自豪，认为风水好，象征村里文才钱财两兴旺。村子的正南方，直对着一架形似骆驼的山峰，叫骆驼峰，远处望去那神态十分逼真呢！此外，群山上还有鸭子石、大银洞、小银洞等等山景奇观。这里的山另一个特色是植被覆盖面积大，山峦绿色一片，因而空气质量自然就好，真是个绿色氧吧。春夏之际，这里群山碧绿，间或有山花烂漫，构成一幅生机盎然的山景画，实在美不胜收。

第六矿产奇。提到北京郊区出产矿石，人们心目中大多想到的是门头沟，出产的是煤。然而北京地区也出黄金，也许是大家闻所未闻的。北京的黄金矿就在杨树底下村附近，距离村子仅五六百米。一般来说，金矿多在河床上，人们要靠清洗沙子，得到微小金粒，再提炼成金块，这叫作沙里淘金。而这里的金矿是石质，人们要开采矿石，加工冶炼，才能炼出黄金来。这儿的金矿开采历史已久，其间还留下了不少故事传说。在解放前采矿和加工冶炼都是靠人工完成，机械化程度相当低。解放后，大约在60年代，地质队来此探矿采矿，提炼黄金，干了近三十年。到了上世纪90年代初，国家统筹安排停止了金矿的开采。但是这儿却留下了开采金矿的遗迹，那矿洞、巷道、铁轨、矿车、绞盘等等都还在，办公室、宿舍也还都保留着。于是，采矿单位就想把这里办成科普基地和旅游度假场所。他们对此进行了改建工作，盖了相当宽敞的展览厅，专题介绍有关黄金开采的各方面知识，图文并茂，并配以大量实物。在原来矿洞中设置了游览小火车和娱乐用的咖啡厅。原来的办公室、宿舍也改造成了宾馆餐厅。为了加大宣传力度，他们特意给这儿起了个响亮的名字——金骆驼度假村。这个动议和做法应该说还是不错的。但由于几年来此地的后续开发滞后，旅游也没搞起来，所以经营得不太理想。但是应该看到，这个创意很有价值，基础设施很好，地域也不错。如果和杨树底下村的开发结合起来，前途是相当光明的。

第七手艺奇。村里的手工艺传统有着悠久的历史，它来源于生产、生活的需要，来自于村民的心灵手巧，因而有着很好的实用性和观赏性，为生活增添了色彩。常见的手工艺有荆编和草编。人们把山上到处都是的荆条砍回来，用它编出各种各样的筐、箕、篮等；把草打回来编成帽子、坐垫等。它们都是生活的必需品，村里有不少人都会制作。此外还有刺绣和剪纸。刺绣本是由开始的绣鞋帮发展起来的，村里的妇女们可以给枕头绣花，给小孩穿的猫鞋绣花。当然最普及的、多数的妇女都会的还是绣鞋垫。绣出的鞋垫花样繁多，精工细做，一个赛一个漂亮。剪纸是从剪鞋样演变而来的，妇女们还可以剪出窗花、挂饰等物件，其剪工简朴、粗犷，乡土气息浓厚。劳动创造了艺术，创造了生活，质朴中蕴含着真功夫和技艺。村民们就是这样用双手创作出众多佳作。

第八饮食奇。杨树底下村有许多种美食，有些是他们自己发明的，而且足以和外地的美食媲美。他们的食品很有特色，其一是山里特色，其二是农家特色，其三是村俗特色。首先，当地生产山里特产，光是果树就有杏、核桃、栗子等。栗子是优良品种，怀柔的栗子名冠京城。在山里梯坝田中结的栗子，甘甜可口，堪称上品。核桃除去人工栽种的以外，这里还有一种野生的山核桃，其营养价值要比普通核桃高许多。杏可剥出杏仁，在村里产量比较大。人们可以把杏仁榨出杏仁油，这可是高级营养品。而榨油出的渣子可以用来熬粥。杏仁粥味道香美，而且具有医疗作用，对治疗咳嗽、气喘等病症都很有效果。

村里美食具有农家特色，主要指的是两种食品：棒楂粥和酸咸萝卜条。棒楂粥是把破碎的玉米加上大芸豆，在灶火锅里熬，一般要用微火熬上几个小时才熟透。这种粥闻着香、吃着香，是农家典型的好饭食。酸咸萝卜条也是农家自制的，称作短菜，即短时间里腌制的菜，略有发酵，吃起来爽口开胃。

村里美食具有村俗特色的当属敛巧饭。敛巧饭要准备饭菜两样。饭是用从各家收集的粮食做的，有米、黍、豆等。把它们掺在一起，用来做饭，可称得上是八宝饭了。蔬菜品种也是多种多样，白菜、萝卜、角瓜、豆腐、粉条等都有，再加上猪肉一锅炖，完全可以和全国有名的"东北乱炖"相比了。

此外，本地还出产一种茶叶，叫作白花茶。这种茶长在村外的南沟里，在每年端午节的时候上山采茶。回来后把它上锅蒸，然后倒在笸箩上，加点猪油后用手使劲搓，然后再蒸再搓，至少要三遍才行。这种茶是小叶茶，味道很香，香味有别于南方产的绿茶。更可贵的它是自然生长，天然食品，决无污

染。过去常有人采来饮用，但因制作比较麻烦，现在人们已基本上不去采它了。可是，这茶必竟是好东西，相信在更多人了解它的优点之后，它终会回到人们的茶杯中，再饱人们口福。

第九传说奇。杨树底下村因为村史悠久，地处交通要道，人员往来多，再加上这儿的山奇、树奇、矿奇等特色，便产生了许多有趣的故事传说。其中比较典型有的"神雀叼种"、"二郎担山"、"南蛮憋宝"、"金猴看矿"、"楸树寻金"等。那"神雀叼种"与敛巧饭有关，后面另有介绍。"二郎担山"说的是二郎神挑着山追太阳，在大杨树底下歇晌睡过了头，太阳已下山追不上了，只好丢下担子独自走了。而扁担化作了金子埋在地下成了金矿，两座山落地生根，成了笔架、元宝二山。"南蛮憋宝"说的是南蛮子即南方能人，来到杨树底下村发现了金矿，想办法开采的故事。故事中也介绍了开矿的风俗，如全牲祭祀、红线拴矿脉等等。"金猴看矿"讲的是金猴有灵性，替主人看守开矿的工人，好似个监工头，最后被惩治的经过。"楸树寻金"讲的是财主在十亩地（地名）坝台的楸树下埋藏金子，他儿子寻找失败的传闻。这些传说都是围绕杨树底下村的村情和地貌特色而敷衍出来的，生动有趣、亲切动人。

最后要说的第十奇，就是民俗奇。比较典型的有两方面内容。其一是民间花会。据老人们介绍，过去本村花会有高跷、旱船、什不闲等。每逢年节都会在本村和邻村表演。在这个只有二、三百人的小山村，演这多档花会，延续了上百年，可见人们对文化娱乐的追求是多么强烈，它的传承特点又是多么突出。特别是什不闲这种艺术形式，属于曲艺范畴。它是边伴奏边唱曲子，手、脚、口同时并用，要求高很难学，会的人相当少，老人们介绍这档花会时充满自豪感。每逢年节走会时，村里还要请来戏班唱戏，花会与戏班携手合作，增加了节日气氛，也给村民带来了更多的娱乐享受。

其二是吃敛巧饭的风俗，这在北京地区是仅见的。每年正月十六，妇女们从各家各户收集来粮食、蔬菜，在村口支起几十只大锅，烧火做饭熬菜。因为曾有当村的先人们因种子丢失而得到山雀帮助的故事，所以做出的饭食先要拿出一部分喂山雀。然后，全村人和外来客人共同享用饭食。这个风俗已延续了近两百年，体现了人与人、人与动物之间和谐友好的关系。它反映了人们的传统观念、地域风俗、文化品位、民风民俗，这是难能可贵的。这两年，敛巧饭习俗引起越来越多的关注。每年正月十六，成千上万的人们就会从四面八方涌来，大家吃敛巧饭，看花会表演，那热火朝天的场面，在农村罕见，成为北京郊区的一道亮丽风景线。

以上是笔者试着为杨树底下村归纳的十奇，它的确因为自己的这些特色，引起了大家的关注、欣赏和称赞。笔者所介绍的可能会挂一漏万，希冀有更多有心人来指正和充实。

我相信，具有如此众多优长的杨树底下村，是存在相当深厚的文化潜质的。借助北京市旅游发展的机遇，它所在的区域一定会由冷清变得热闹起来。因而，也就会有越来越多的人来这个宁静而奇美的小山村游玩、休闲、度假，它未来的前景是十分美好的。

杨树底下村挖金矿

张伯利

这是很早以前的事了。有一天的早晨,杨树底下村来了一个中年男子,村里人马上就看出他是个南蛮子,因为他穿着打扮不像北方人,说话还带着口音。进村后,他就向村民问这问那的。当他了解到村南边的山沟名叫大银洞沟和小银洞沟时,就急忙朝那儿奔去。这两条沟的沟名,从老辈子人那时候就有了。两条山沟里各有一个石洞,一大一小,洞不深,里面除了石头什么也没有。那干嘛叫"银洞"呢?谁也说不明白。南蛮子到咱们北方来就是为寻宝,从这名称里面听出了道道儿。他在两条沟里足足转了一天,天快黑了才回到村里。村里人问他干嘛去了,看到了什么,他避而不答,只是向村里人乞求借宿一夜,他不准备走了。

第二天,南蛮子又来到大杨树下,向坐在树下聊天的老人们打听村里哪家人最富?老人们回答说:"山沟里的人家,土里刨食,谁能有钱呢?慢说咱们村,就是附近这十里二十里的也找不出一户有大钱的财主来呀!"南蛮子失望了,摇着头离开村子,他要去别处寻找。

在几十里开外,离怀柔县城不太远的一个叫石场的村子,南蛮子终于找到了一户有钱的人家。主人姓何,有房有地有钱财。南蛮子对姓何的提出共同联手做一桩买卖,由姓何的出钱,他出力气和本事,保证财源滚滚来。那姓何的是何许人

呀，没有点心计能成大财主吗？他定要对方说明情况，他才能决定合作不合作，出钱不出钱。

南蛮子只好对他讲出了缘由。原来他经过实地勘察，发现大小银洞沟里果然有宝贝，不过不是银子，而是金子，一座金矿。他想建矿开采提炼黄金，可买工具、雇民工等等，需要花大笔钱，而他手里连几个铜钱都拿不出来。因此，特来寻找有钱财主合作。

姓何的听罢，眼睛立时就睁圆了。开采金矿能够直接拿到黄金，比做其它买卖可方便多了，这是一本万利呀！他当即就答应了南蛮子，讲明由他当老板，南蛮子当总监工，炼得黄金后五五分成。

何老板很快招了些民工，带着开石凿洞的工具，跟着南蛮子来到了杨树底下村。南蛮子又领着大伙儿进了银洞沟，仔细地探看山势地形，找到了"金线"也就是矿脉。按照旧规矩，他在矿脉的一块石头上系上一根红线，为的是防止它跑了。然后才找地方搭窝棚住了下来。开矿这一天，何老板准备了全牲上供。说来也有意思，他们买来一个猪头一根猪尾巴，把尾巴塞到猪嘴里，就算是一头整猪，就叫它"全牲"。磕头祷告完毕，南蛮子就指挥民工们在大银洞沟的阳坡和小银洞沟的阴坡凿挖矿脉。这种开采方式叫做"前阳后阴"，从两头顺着矿脉往当中开采，直到碰到了头，速度快了一倍。他们还在山沟里设了冶炼炉，采出矿石后就在当地烧炼，直接获取金块。矿石里含金量是极少的，成堆的矿石也炼不出几粒金子，因此劳动量十分大。矿工们没日没夜的干，矿坑挖成了矿洞。采矿方式也十分原始，那矿洞又窄又深，将够一个人钻下去，矿工们得采取倒坐的姿式，一步一步退着往下走，直到洞底。他们用凿子砸下矿石，装在口袋里捆在身上，再慢慢顺洞爬出来。而管冶炼的民工要冒着上千度的高温，熔矿石提炼金子。可以想得出，民工们那辛苦劲儿，遭的那些个罪可大了。何老板和南蛮子怕矿工偷懒，就带来了一只猴子，让它来看管工人。这猴子经过训练，精灵极了，它一发现哪个工人想歇息一下，就拼命地叫个不停，引来何老板或南蛮子又打又骂，逼迫民工继续干活。

三年过去了，成块的金子炼出来了，少说也得有上百两。何老板瞧着这些金子，不由得起了贪心。自己出钱开矿，南蛮子一分也没掏，却要和自己五五分成，真是太吃亏了。不能便宜了那小子！何老板把金子私吞了一部分，这一部分可不是小数，十成占了八成，剩下的两成拿出来和南蛮子平分。南蛮子见到这么少的黄金就愣住了。他多精明呀！冶炼黄金是经过他亲手干的，出产多少，他心里有底数。现在何老板仅仅分他这么一点，分明是私吞了。于是他就和何老板吵了起来。可是，俗话说强龙难压地头蛇，何老板财大气粗，在怀柔这块儿也算是有些势力的人物，怎能怕个南蛮子呢！他不但没给南蛮子补偿金子，还叫人把他撵走了。南蛮子临走时发狠说道："总有一天我会报仇！"

何老板身边有那么多金子，倒成了负担。他想把金子拿回家去，又怕树大招风，被人偷了或抢了去；想着放在身边吧，又怕开矿的民工们算计他。思来想去，最后决定还是把黄金悄悄地藏起来稳妥。于是，他在一个夜晚拿着金子来到杨树底下村的十亩地沟里。他找到一棵老楸树也就是山核桃树，在树底下有个石坝台，是个藏东西的好地方。他撬开坝台的一块石头，又往里掏出几把土，做了个窝，把金子包好放了进去，再把石块堵上。他仔细打量一番，一点儿也看不出藏东西的痕迹，这才放下心来。

何老板干完这件大事，又继续驱赶民工为他开矿石炼金子。可是在人们口中常说这么一句话："金银不发头一家"。意思是第一个开采金银的人风险最大，往往倒发不了家。何老板是第一个在这里开金矿的，本来就招眼，而且他做事又阴损歹毒，就更难保不出意外了。果然，没多久他就遭了别人的暗算，眼睛被揉了生石灰，活活地给烧瞎了。是谁干的呢？不知道。有人说可能是恨他的民工干的，也有人说可能是南蛮子干的，可是无凭无据的，谁也没办法判定。况且南蛮子早就没了踪影，哪儿找去？

何老板没办法再继续开矿了，只好停工回家去养病。树倒猢狲散，众民工把矿里的材料、工具乃至锅盆碗筷分抢一空，全都回家去了。一座金矿因此就报废了，矿的四周长满荒草，沟里跑着野兔，人们也渐渐忘记了这里曾经出过黄金。

何老板在家养病，心里却一直惦记着他藏的黄金。他把儿子叫来，告诉他这个秘密，让他去十亩地沟把金子挖出带回来。他特别叮嘱："金子就藏在一棵老楸树底下的坝台里，找到那棵老楸树就行了。"

何老板的儿子来到杨树底下村后，一进十亩地沟就傻眼了。这条沟到处都长着老楸树，不下几百棵。哪棵树底下才藏着金子呢？他报着侥幸心理试着在几棵老楸树底下的坝台上乱撬乱刨了一阵，结果一无所获。实在没咒念了，只好空手而回。何老板听说金子找不到了，心里堵得慌，一口气没上来，吹灯拔蜡死了。

扬饭喂巧的传说

宋庆丰

在琉璃庙镇杨树底下村正月十六日吃"敛巧饭"风俗中，人们将敛收来的粮食、菜蔬做熟以后，全村百姓先不动饭菜，而要首先"扬饭喂巧"，即将饭菜抛洒东西南北四方，招来各种雀儿啄食。因民间将"雀儿"称为"巧"，所以"扬饭喂巧"实际是"扬饭喂雀儿"。那么，"扬饭喂巧"的习俗是怎么来的呢？当地流传这样一则传说。

清嘉庆年间，霍、靳二姓之人从山东青州逃荒来到杨树底下村，见这里山深僻静，水清地沃，便在此安顿下来。但若想长年居住，就必须种地收粮。可是，霍、靳二姓初来乍到，哪有种地的种子呢？大家经过商量，决定派两人到别处讨要些许。

话说被派出的霍、靳二人，身负乞讨种子的重任上路了。那时，山区里山高林密，村落稀疏。有时行至百里，不见一庄。他们俩走了七天七夜，翻过了七七四十九座山峰，跨越了九九八十一道河后，终于见到了一个小村。二人进村后，幸遇一村人砍柴回庄。霍、靳二人急忙上前招呼，并说明乞要种子之事。村人听后，立即应允，愿送一把谷子之种，以解二人燃眉之急。

霍、靳二人将村人送给的谷种，小心翼翼地装在一个布袋里。一谢再谢后，即刻踏上返乡归途。

二人又走了七天七夜，待两人翻越最后一座大山，走到半山腰时，实在是走不动了，决定在山腰小憩片刻。正当二人在石头上歇息，忽然一阵山风吹来，将他们身旁装谷种的布袋刮翻，谷种立即被风吹跑。二人急忙敛拾，但无奈风大谷轻，一袋谷种全部掉进了附近的石头缝里。霍、靳二人连忙用手去抠，但手大缝窄，既伸不进手，手指又够不着，二人急得满头大汗。正当他们无计可施之际，忽然飞来几只山雀，落在大石头上。这些山雀叽叽喳喳叫了几声后，便站在石缝边，开始用喙叼啄石缝里的谷种子。二人看了，更是急得抓心。因为这一把谷种若是被山雀吃了，两人白白受累不说，村里人没有了这谷种，又如何种地生存呢！二人正要哄走叼啄谷种的山雀时，就见山雀衔出谷种，并没有咽下，而是一粒粒地放在了石片上。霍、靳二人见到这个情景，惊喜万分，马上将山雀衔出的谷种，重新装入袋中。就这样，不一会儿工夫，几只山雀把洒落在石缝里的谷种，全都叼了出来。霍、靳二人装好谷种后，对着这几只山雀磕头作揖，感谢不已，并念道：待我们种出粮食，一定要先让诸位神雀先用，以谢叼衔谷种之恩……

　　故此，杨树底下村敛巧饭风俗中，人们首先要"扬饭喂雀儿"。

云蒙山的传说

宋庆丰

云蒙山药材的传说

琉璃庙镇的云蒙山上药材遍地,人们随手可得。当地百姓们说,那原是药王爷丢下的药籽所致。

据说在很早很早以前,药王爷背着采药的葫芦漫游到云蒙山。有一天,他见到一个老婆婆病得很重,药王爷可怜她,正要给她治病,恰巧这时老婆婆的儿子回来了,并为老婆婆舀来一瓢凉水,让老人喝下。药王爷看了,心里很不安。他想,老人病得这么重,儿子怎么还给老人凉水喝?年轻人真是不识好歹。药王爷正想阻拦,就听老婆婆的儿子说:"妈,您甭着急,待明天我再去一次,为您多弄点水喝,您的病就该好了。"药王爷当时觉得很奇怪。第二天,年轻人又进山舀水,药王爷偷偷地跟在后面,见小伙子到一个名叫奇树沟的地方,舀了一葫芦山泉回来,又给老婆婆喝了。紧接着,老人的病情立刻好转。第三天,药王爷来到泉边,见许多人都来舀水,一问,原来都是为了治痢疾病的。药王爷听了,长叹一声,说:"有此圣水,我采药、种药还有何用?要我药王爷还有何用?"一气之下,把盛药的葫芦扔在了云蒙山上。药葫芦从山上向山下滚去,药籽全都洒了出来,满山皆是。从此,云蒙山奇树沟泉水能治病的传说便流传开了，满山遍坡的药材也长起来了。

云蒙山的传说

云蒙山，是琉璃庙镇内的一座小有名气的大山，古称云梦山，素有北方"小黄山"之名。据说这山原为纪念一位名叫云梦的女子而得名。后来，一因山上经常白云缭绕，浓雾掩顶；二因俗传讹化，"梦"、"蒙"谐音，慢慢将"梦"叫成"蒙"，故而成为今日的云蒙山。

传说很古很古以前，炼石补天的女娲有一小女名叫云梦。后来，云梦姑娘长大成人，嫁给了一个在偏僻、贫瘠地方出生的名叫阔的小伙子。云梦姑娘嫁到阔家以后，把母亲女娲送给自己的嫁妆息壤分给了当地的穷苦百姓。这息壤本是一种宝土，不但可以生长万物，而且能阻拦洪水。人们自从得了息壤，再加上辛勤耕作，便慢慢地富裕起来。年年丰衣足食，自乐安然。不料想，突然有一天东海龙王要扩大地盘，于是发起了大水，妄想把人们赖以生存的息壤抢去。为了保护当地百姓和息壤，云梦姑娘和丈夫与东海龙王展开了激烈交战。打呀、打呀，一直打了七天七夜，云梦使出全身解数，最后打败了东海龙王，俘虏了东海的龟兵虾将。但是，东海龙王逃走时抢走了息壤。云梦姑娘伤心至极，她哭呀、哭呀，哭了整整七七四十九天。后来，她的骨骼就变成了山，肉变成了山上的土，头发变成了茂密的山林，乳汁变成了山上长流不断的泉水。再后来，人们为了纪念云梦姑娘，便将这座山取名云梦山了。

情人谷的传说

杨树底下村的南沟里，有一条名叫情人谷的山沟。在山沟一侧的悬崖上,有两块状似人形的石条,相对而立。当地人们说,从前那不是石条,而是一对情人。后来,天长日久,才变成了石头。

那是发生在很久很久以前的事了。

据说,杨树底下村的南沟里有金矿的消息传出后,从南方来了个憋宝的人,他雇用当地百姓为他开采金矿。他昼夜不停地逼着百姓挖山采金,不顾百姓的饥渴劳累。人们干呀、干呀,个个累得死去活来。

在这群采金人当中,有一个小伙子,他看到矿主这样虐待百姓,又看到乡亲们这样受罪,便默默求告神仙,惩治恶人,救助百姓。

再说这个年轻人,爱上了村里一个姑娘。当小伙子把乡亲们受苦受累之事说与姑娘时,姑娘也气得咬牙切齿,义愤填膺。

这一天,小伙子夜里做了一梦,梦见一个白胡子老头,反反复复地叫他记住两句话:"水涨高,水涨高,大水高不过大杨树半截腰。"小伙子醒后,虽然记住了这两句话,却不知到底何意。当他把做梦的事跟姑娘一说,姑娘告诉他自己也做了同样的梦。

第二天,杨树底下村天空乌云翻滚,电闪雷鸣。接着,瓢泼大雨从天而降。不多时,地上水流成河,一片汪洋。小伙子这时正在矿上干活,姑娘赶忙冒雨蹚水跑到山上去找。姑娘找到小伙子后,拉着就往高处跑,而身后的水风吹似地往上涨。俩人跑呀、跑呀,但是跑到哪里才能不被水淹呢?正在二人着急的时候,俩人同时想起昨晚做梦时,白胡子老头教的话:"水涨高,水涨高,大水高不过大杨树半截腰。"二人想,对

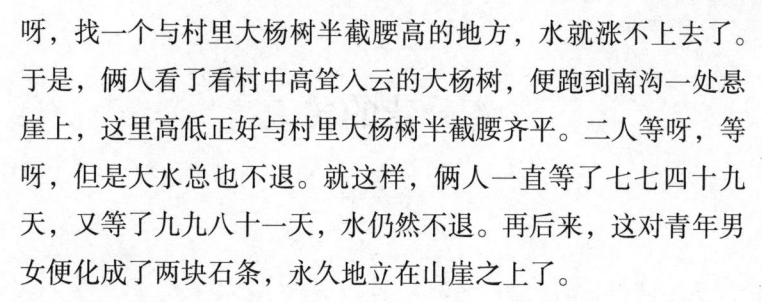

呀，找一个与村里大杨树半截腰高的地方，水就涨不上去了。于是，俩人看了看村中高耸入云的大杨树，便跑到南沟一处悬崖上，这里高低正好与村里大杨树半截腰齐平。二人等呀，等呀，但是大水总也不退。就这样，俩人一直等了七七四十九天，又等了九九八十一天，水仍然不退。再后来，这对青年男女便化成了两块石条，永久地立在山崖之上了。

恶人矿主被大水淹死，金矿关了张，人们再也不受那非人之罪了。

老公营的传说

宋庆丰

琉璃庙镇老公营村在镇政府西北仅一里处。这里北靠青山,南依绿水,又正处阳坡,因而花草繁茂,树木丛生,是块风水宝地。

传说,在清朝乾隆年间,朝廷里一个太监,在朝当差期间,私下攒了些银两,打算在告老还乡后用来养老。

这一天,这位太监随乾隆皇帝巡游来到琉璃庙镇老公营。当时,这里还无人居住,这个太监看到这里山青水秀,暗地里相中了这块地方。待他回朝以后,托人打听那地方归何方管辖。当他打听清楚后,就用自己积攒下来的银两,买下了如今的老公营这块地方。

这个太监买下地后,仍然在朝廷当差,无法自己经营管理所买之地。于是,他便让远在河南老家的姐夫来此代他管理。

这位太监的姐夫姓韩,带着妻子来到这儿以后,见这里果然是个好地方,便起早贪黑地开荒、建房。由于两口子勤劳不息,并有不少外地逃荒之人来这里租种、安家,渐渐地这里形成了一个小小的村落。

当时,这村无名。人们知道这块地方是被一个在朝廷当差的太监买下的,太监俗称"老公",便把这村取名为老公营。

再说姓韩的夫妻俩,自河南来到此地,转眼已五年之久。尽管在这里丰衣足食,但仍然想念家乡。这天,丈夫与妻子商

量，想自己一人回河南老家一趟，去看看家乡父老，妻子同意了。一个多月以后，丈夫从河南回来，特意带了几棵家乡的栾树苗。妻子问丈夫："这里山上山下都长满了树，你还带树苗做何用？"丈夫说："这栾树苗是咱老家的，咱栽在这里，看见它，就像在咱河南老家一样，省得想家呀！"妻子听罢，很是高兴。

就这样，姓韩的夫妻俩就在老公营住了下来。后来，那个太监卸任后也回到村里，只是没住几年就过世了。姓韩的夫妻栽的栾树慢慢长成了参天大树。至今，老公营村还留有一棵有二百多年历史的古栾树，据说，就是这对夫妻栽的。

解放前的水碾香粉制作

宋庆丰

香粉，也称香面、木粉，是生产祭佛用香的主要原料。在20世纪40年代初，拜佛祭祖很盛行，香的需求量非常大。怀柔区生产的香料以其产量多、质量好、色泽正而享誉华北地区。

怀柔区境内河流多，各种果、杂木资源丰富。勤劳聪明的怀柔人根据市场需求和家乡的优势，筑坝引水，修建水碾房，也称香碾。以各种果、杂木为原料生产香料，生产最旺时全区香碾多达40余座。凡有水源的地区都建有香碾房，琉璃庙从聚源厂至八宝堂不足5公里，就有香碾7座。每座香碾房有工人2至3名，日产香料50至100公斤。产品热销天津、河北等地，供不应求。

香料的生产原料主要是山杂木、果木，其中杏木、栗木居多。杏木料称为红料，生产出的香料淡红色，属上品香料。其它均称为白料，多数香房生产时都是红、白料搭配使用。原料搭配时还要有一定数量的榆树枝条和皮碾成的粉料，因榆树含有胶质，可使香质坚挺不易折断，因而榆树粉价值通常比其它香料高一个档次。更高一级的原料是柏木料，用柏木料碾磨成的香粉专供生产高级佛堂用香，香的价钱也很高。

香粉的生产过程是，先将选购来的木料按照粗、细、长、短分类码垛、枝条铡碎晒干，然后用自制的大木榔头、铁楔将

木料劈成饭碗粗细的块材,再用特制斧砍成烧饼状的鱼鳞片,即可填入碾房轧面,包括铡碎的树枝条。生产工人的日常工作主要是砍鱼磷片、填碾料、清扫香粉。其中填碾料是非常重要的一个环节,一旦发生填料不及时,就会碾、盘相碰,迸出火星,引燃香料,酿成火灾。石碾轴位需随时加滴润滑油,否则也会引发火灾。

琉璃庙镇香碾房归当地农民自有,香粉是自产、自销,个体经营。为了在生产经营活动中能协调一致,经营者自发组织成立了同业公会。公会由会员公众推选会长,每年举行一次会议。会员还捐资在八渡河岭根修建了关帝庙做会址。庙中供奉着关帝像,象征同行业团结之意。

20世纪40年代末破除迷信,祭佛用香骤减,香粉生产随之消失。

西台子传说

宋庆丰

琉璃庙镇西台子村,原来叫戏台子村。传说,古时候天上的王母娘娘在瑶池举行蟠桃会,邀请东海龙王赴宴。东海龙王走后,他最小的儿子龙太子趁老龙王不在家,便跑出来游玩。当龙太子来到西台子村时,见这里山青水秀,风景优美,就邀请来几个伙伴,在这里嬉戏玩乐,并在附近一个高台处,各扮角色,演起戏来。

由于这里地处深山,远离人群,于是,龙太子等人经常来这里聚会娱乐。

光阴如箭,日月如梭。转眼间,龙太子已经到了该修炼的年龄。老龙王便督促龙太子挑选天下一处清净之地修炼。龙太子想到了此地,向老龙王禀报。当老龙王问及此地名称时,由于龙太子并不知此地何名,只是经常在高台上演戏,于是,顺口回答:"那个地方有个戏台子。"老龙王说:"那就叫戏台子吧。"从此,戏台子村名便叫开了。

由于"戏"与"西"音近,后来人们便叫成了西台子。

黄泉峪村的传说

宋庆丰

琉璃庙镇黄泉峪村，过去叫黄钱峪。要说起这个村名的来历，还有一段小故事呢。

这个村有一条山泉，泉边建有一座庙，叫龙王庙。话说这么一天，有两个人去县城赶集。走着走着，其中一个人对另一人说："咱俩比比谁跑得快，谁跑慢了，就请吃饭。"那人同意。恰巧，前面不远处就是龙王庙。于是，两人以龙王庙为终点，谁先跑到龙王庙谁为胜。

其中一人很快跑到了龙王庙，而且还超出很远。另一人跑得慢，刚跑到龙王庙，肚子就疼了，蹲下休息。他刚蹲下，就发现地上有一个铜钱，黄灿灿的耀人眼目。他立即捡起来装进兜里。跑得快的那位要求他请客，捡钱的痛快地答应了。

到县城两人吃了饭，捡钱人一看钱还剩不少，又买了一斤酒，可是钱还有余头，两人又住了一夜客店，这才把捡来的铜钱花完。后来有人编了四句顺口溜：半路捡了一铜钱，两人吃饭没花完。剩下又打一壶酒，还够二人住宿店。

从此，这个村就叫黄钱峪了。又因为这个村有一道山泉，后来慢慢地传为黄泉峪了。

杨树底下村敛巧饭

宋庆丰

怀柔区琉璃庙镇杨树底下村，地处深山。清嘉庆、道光年间霍、靳二姓陆续迁来，渐成聚落。据传，村中曾有一株大杨树，枝繁叶茂，故而得名。该村自成村以来，每年正月十六日，全村都有在大杨树下吃敛巧饭的风俗，到如今至少已有180年的历史。

敛巧饭，即在每年的正月十六日前夕，由村里十二、三岁的少女，到各家敛收食粮、菜蔬，然后聚集一处。到了正月十六日这天，村里分片搭锅垒灶，由成人妇女协助，将敛收而来的食粮、菜蔬做熟，全村妇女特别是未出嫁的姑娘一块吃饭。在做此饭，尤其是煮粥时，粥里要放进铜钱、顶针、针线等女人做针线活的用具，以作乞巧和发财的象征。谁若吃到了顶针、针线、铜钱等，便证明其乞到了巧艺和发财的征兆。

据本村74岁的梁守国老人讲，听其父在世时说，在其父刚记事儿的时候，村里便早已有了吃敛巧饭的习俗。还说最开始吃敛巧饭的时候，只限于大姑娘、小姑娘、年轻媳妇，男人不允许加入。到了1955年，才开始有少量男人参与。到后来，形成了全村男女老少一起吃敛巧饭的习俗。

另据梁守国老人讲，过去在吃敛巧饭前，首先要"扬饭喂雀"，即麻雀、山雀，山区人将雀说成巧，如麻雀被人们称为家巧。把做熟的饭食，随手抛向东西南北四方，以唤来麻雀

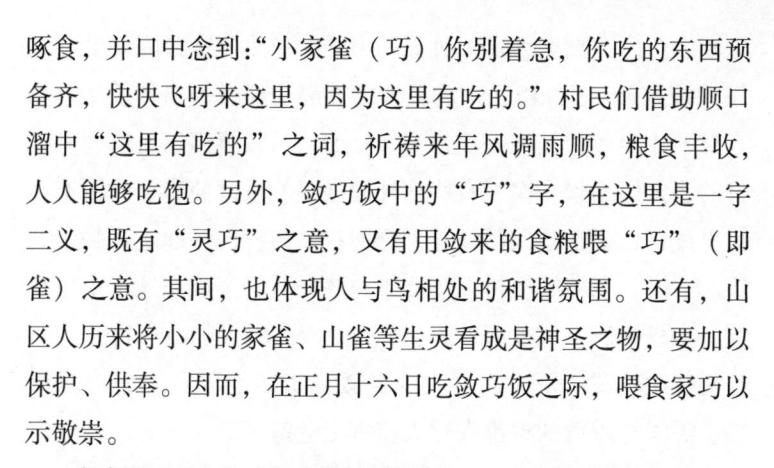

啄食，并口中念到："小家雀（巧）你别着急，你吃的东西预备齐，快快飞呀来这里，因为这里有吃的。"村民们借助顺口溜中"这里有吃的"之词，祈祷来年风调雨顺，粮食丰收，人人能够吃饱。另外，敛巧饭中的"巧"字，在这里是一字二义，既有"灵巧"之意，又有用敛来的食粮喂"巧"（即雀）之意。其间，也体现人与鸟相处的和谐氛围。还有，山区人历来将小小的家雀、山雀等生灵看成是神圣之物，要加以保护、供奉。因而，在正月十六日吃敛巧饭之际，喂食家巧以示敬崇。

杨树底下村人对鸟有特殊的情感，人们对鸟敬重、尊崇是有一定缘由的。传说，霍、靳两姓刚刚来到杨树底下村时，因无种子栽种而愁苦万分。于是，派了两人去寻借种子。当这两人找到种子回村途中，不慎将种子洒落在大山石缝当中。正当两人心急如焚、无计可施之时，空中飞来几只山雀，将石缝之中的种子用喙叼出，还给了霍、靳两人……

在该村吃敛巧饭过程中，还要请戏班唱戏，有高跷、旱船、跑驴、什不闲等民间花会表演，以及村民"走百冰"等活动。

过去，在那棵大杨树下建有村庙，每逢正月十六日全村吃完敛巧饭，要走会，即表演花会。花会队伍先需举行拜庙仪式，然后走街串巷表演，表演完毕后，再回到村庙庙台处。这时，村里请的戏班与花会队伍互道辛苦后，戏班开始唱戏。

在花会表演和唱戏过程中，村民有的要"走百冰"，即在村南结冰的小河上走百步。"冰"与"病"谐音，意思是"走掉百病"、"去掉百病"，祈求来年无病无灾。

杨树底下村的吃敛巧饭的习俗，具有很大的吸引力、凝聚

力和融合力。据老人讲，过去的习俗，村里有在过完春节或过完"破五"（正月初五）后做事之人都要离村外出，但很多家人都不让走，让其吃完正月十六日的敛巧饭再离家，以便和全村的乡亲们团聚一次。有些在外面做事的人即使春节时没有在村里过，也要在吃敛巧饭这天赶回村，与村民一起吃这顿敛巧饭。有时，杨树底下村人还要邀一些外村的亲戚来这里吃敛巧饭。来杨树底下村办事的、做买卖的人只要赶上正月十六日，都要被邀吃敛巧饭。通过吃这顿敛巧饭，左邻右舍曾有过摩擦、隔阂与矛盾的也都在这天基本上化解了。

敛巧饭的历史起源是从该村建村开始的，据《北京市怀柔县地名志》记载，杨树底下自清朝嘉庆（1796）、道光（1821）年间就有霍、靳两姓迁来成村，敛巧饭自那时起到现在至少已有180年历史，而且薪火相传年年不断。即使是在1960年至1963年三年自然灾害时期和文化大革命时期，该村吃敛巧饭风俗仍然持续未断。

发现金矿的传说

宋庆丰

据说清朝光绪年间，有两个人来琉璃庙镇大山中寻找金矿。两人走到杨树底下村南时累了就在高山下休息。过了一会儿其中一个想解大便，于是就拐到山石旁一块小平地蹲下了。

这个人蹲下以后，看见从山石窟窿里爬出些蚂蚁，有的嘴里叼着一粒沙子。这沙子色黄光亮，会不会是金子呢？他站起来，赶紧把这事告诉了同伴。

两人立刻从杨树底下村借来钢钎、铁镐等工具，撬去表面山石，从蚂蚁洞里采下一块山石，就在村里租下的院子里，用木柴烧起来。待两人将山石烧酥以后，砸成很碎的小碴，又放在石碾上轧成细细的粉末。然后又用一根很粗的木头凿成了一个木槽，木槽的一头儿留有出口。两人把碾好的山石粉末放进木槽，再放入清水，边放水边用耙子来回搅动。这时，两人惊喜的发现，流水将石粉末冲走后，木槽底儿留下了黄灿灿的金粒。

于是，两人将木槽里留下的金粒收集起来，放入随身带来的碗里，搁在炉火上烧炼，待金粒化成水后，倒入已做好的模子。两人一看，这些正是他们日夜寻找的金子。

从此，杨树底下村南的金矿被发现了。

金矿山的由来

宋庆丰

杨树底下村南沟里,有一座山出产金子。关于这座金矿山的来历,当地流传着这样一则故事。

说的是很早很早以前,二郎神担山追赶太阳。这二郎神担的可不是一般的土山、石头山,而是金山。二郎神用的扁担,当然也是金的。

二郎神挑着金山追呀、追呀,累得疲惫不堪。这一天正午,天热异常。二郎神挑着金山走到杨树底下村南沟里,看着差不多就要赶上太阳了,心里想反正快要追上了,歇一歇,喘口气再追也来得及。于是,二郎神放下担子,就找歇脚的地方。恰巧,二郎神一抬头,正看见附近村里有一棵大杨树。他几步来到杨树下,见大杨树笔直高耸,直插云天,且枝叶茂密,浓荫遮天,便打算在树荫下睡上一觉,待时过正午,日头挪过树尖,树荫变换了位置,晒热自己,也就该醒了,那时再追也不迟。

二郎神在杨树荫下倒头便睡,哪知这一睡,睡了好几个时辰,就是二郎神醒了的时候,太阳也没晒到身上。原来,杨树底下村里的这棵大杨树是棵宝树,它的树荫不随太阳转动而变,就是晴天,树下也是凉飕飕的。二郎神睡醒后,一看太阳都快要落山了,知道再也追不上,一气之下,扔下金山和金扁担走了。据说,后来金扁担被南蛮子憋宝憋走了,只留下这座金矿山。

猴石的传说

宋庆丰

杨树底下村的南沟里,有一块酷似猴形的石头,在山崖上孑然而立。关于这块猴石的来历,当地流传着这样一个故事。

说的是在杨树底下村的南沟里,发现金矿以后,南方的一个财主来到这里,雇了很多当地百姓为他采金。这个财主恶毒得很,为了监视人们干活,他特意从南方买来一只猴子。这只猴子经过他的训练,又灵又怪,见到谁稍有怠慢,便跑上前去又抓又咬,害得人们苦不堪言。别看这只猴子只是蹲在山崖上,它的眼可管事了,能看透山石,人们就是在洞巷里偶有停歇,它也能一目了然。干活的人大多数都被猴子抓咬过,但谁也不敢吭声,因为猴子是财主的心上之物,谁也不敢奈何它。人们咒骂道:这猴子成精了,为虎作伥,不得好死!

这一天,山下来了一位白发苍苍的老太太,老太太胳膊上挎一只竹篮。当老太太走到蹲在山崖上的猴子身边时,随手从篮子里拿出油炸的套环喂给猴子吃。这猴子很精,它接到套环后怕有毒,先用前爪擦了擦,又用舌头舔了舔,发觉套环香喷喷、甜丝丝的很好吃,不像有毒的东西,于是就大胆地吃了起来。这一吃不要紧,老太太立刻扬手一拉,这套环便一个个地马上连接起来成了一条金链子,勾住了猴子的五脏六腑,使猴子动弹不得。随后,老太太口念咒语,说声"变!"这只害人的猴子立刻化作了山崖上的一块石头。老太太把金链子的另一

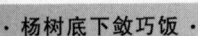

头拴在了杨树底下村的大杨树上,并留下一首歌谣:"金链子长,金链子长,一头拴在杨树上,埋在地下七八丈,谁能找到封他王。"

后来,人们说那老太太是神仙变的,特意下凡惩治恶猴,救助受苦百姓来了。至于那埋在地下的金链子,到今天也没人能找到,只是在杨树底下村附近发现了金矿。当地人说,那就是老太太的金链子变的。

宿大背子的传说

王卫平

从前，琉璃庙村宿家有一个光棍汉，此人个子高、块头足，但心眼不大够使，是个傻大个儿。

有一年夏天，天气酷热难当，他就到村中关帝庙里石供桌上去睡觉，睡梦中听到一个声音说："你若能给我掏一掏耳朵我就赐给你力量。"连续说了好几遍，他便醒了，四处看了看没有一个人，只有周围的数尊神像呆在那里。他好生奇怪，琢磨半天儿不知道怎么回事，爬起来迷迷瞪瞪到各个神像的耳朵边儿往里看，见周仓的左耳朵眼儿里有一个马蜂窝，上边有很多马蜂，都快把耳朵堵严了。他虽然傻，看到这也好像明白了点什么，立刻找来木棍把马蜂轰走，把马蜂窝捅了下来烧掉了，然后又去睡觉。睡梦中只听见浑身骨头节和肌肉嘎巴作响，一觉醒来浑身轻松，双手一攥，满身是劲，顺手搬起石供桌儿一点儿不费劲，从此以后这力气大可就出了名。有一次，他从东沟里背出一块足有五六百斤重的大石板，拄着木棍走到戏台前站住看戏也不卸下。旁边的人问他怎么不放下，他不屑地说："这算啥呀，又没多沉。"一直到把戏看完，他才把大石板放下。打这以后，人们都管他叫"宿大背子"。

有一年，宿大背子到云蒙山上扒椴树皮，在山上一个偏僻角落看到一个洞。他爬进去一看，有好几尊金佛，虽然他力气大但只搬动了一个最小的。他搬着金佛往南走想要去卖，途经

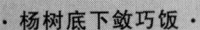

河防口南的思家峪时，被那里寺院的老和尚发现留了下来。寺院主持对他说："你去把佛爷座儿再拿来，就在这里养老吧。"于是他又重返云蒙山，来到先前发现金佛的地方，却不料洞口已经不见了。他只好回到思家峪寺院，住了几年后又回了家。

宿大背子长年以扒椴树皮卖钱为生，孤独一人住在村南山杨树底下一个破窝棚里。有一天，他扒椴树皮被树干上的一条毒蛇咬了一口，顷刻间被咬的左手拇指又黑又紫肿大起来，好像小馒头一样，他便用随身带的刀子一下把拇指剁了下来，回家养伤。过了几天，他觉得伤口不疼了，便又去扒椴树皮，来到上回被蛇咬地方，无意中发现了前几天自己砍下的手指，像个黑色的小馒头。他很好奇地拿起来看，觉得很软，用小棍儿一扎，"吱"的一声，一股黑色毒水窜进眼里，眼睛立刻就瞎了，随即满脸肿胀、浑身黑紫，当天就死在了山上。

八宝堂的传说

宋庆丰

琉璃庙镇有一个八宝堂村,为什么叫这村名呢?这源于一个传说。

在清乾隆年间,村中有一个人到村后山上放羊。当他刚把羊赶到山上,就见一只山喜鹊飞来,落到他面前"喳喳喳"地叫个不停。放羊人几次赶它,山喜鹊飞起后,又落到放羊人身边,仍然鸣叫不止。放羊人感到十分奇怪,就对山喜鹊说:"莫不是有啥喜事要告诉我?"嘿,放羊人说罢,山喜鹊叫得更响了,并且边叫边飞。放羊人跟着山喜鹊来到山腰一个洞内,见这个山洞很宽敞,就像一栋房子的厅堂一样大。当放羊人再仔细打量山洞时,山喜鹊又叫了起来,而且飞到一个半人高的石台上。放羊人走到石台前一看,石台上放着八锭银光闪闪的元宝。放羊人赶忙将这八锭元宝揣在怀里,赶羊回家了。

后来,这个放羊人发了财。因为这个山洞离村很近,村名就叫八宝堂了。

后山铺村小白龙的传说

王卫平

琉璃庙镇内的云蒙山为什么总是云雾缭绕、雾气不断？据传是附近有一条小白龙在吞云吐雾。提起小白龙，有一个故事在当地流传。

在云蒙山脚下有个村子叫后山铺，村子的南甸西沟有一条小路，路边的山崖上有个石缝儿，形成一个很小的条状洞口。此洞虽然口小里面却很大，长年住着一条白蛇，趴在石头上，又总有一个蝎子趴在蛇的身边，人们说这蛇是一条小白龙，蝎子是给它看门的。附近常有人去洞口往里观望，人与小白龙互不伤害。

有一天早上，后山铺村有一个叫董春富的小男孩和妹妹到山上捋椴树叶，路过此地往洞里看，用木棍扎这条小白龙，然后又恶作剧往龙身上撒尿。中午回到家吃饭时，忽然天空雷声大作，从小白龙洞的方向飘来一片乌云，云压得很低很低，细听好像有个声音在说："小孩撒尿，招来风暴，刮倒庄稼，冲垮街道。"小男孩董春富惊吓得扔下饭碗大哭着扑到妈妈怀里，然后又往门后藏，又跳到炕上往被堆里扎，好像突然得了什么病似的。妈妈莫名其妙，问怎么回事，妹妹说了哥哥用木棍扎小白龙和往龙身上撒尿的事。妈妈才知道是儿子冲撞了神灵，于是马上到院中磕头烧香，念念叨叨求神饶恕。片刻间，乌云散去，晴空万

里。三天以后,小男孩的妈妈蒸了馒头到洞口去上供请罪,这才算彻底没事。

打那以后,经常有人看到小白龙到小河来喝水。每到旱季,村民们来此求雨都特别灵验。

闪光的金子

崔墨卿

自嘉庆年间霍、靳两个后生来到杨树底下村落脚以后，靠百鸟衔粮终于在山坡地上种起了五谷。日子过得一年比一年有起色，几年后两个人又在当地娶了媳妇，总算成家立业了。

在杨树底下村兴旺以后，霍、靳两家仍省吃俭用，两家都有了一点积蓄。这一年春节，霍、靳两家的家长在一起过节，喝着怀柔县当地产的高粱烧，越喝越高兴。两个人都有点喝高了，酒足饭饱后还不想睡觉，就互相搀扶着像两个得胜的将军巡视着自己的大营。当他们走到村东南方向时，看见一个奇怪的景象，只见山里的密林中不时有金星闪耀，有时像万点金星，有时像一条金线。两个人大吃一惊，心想这里是藏着金子的宝山，千万别让恶人把它抢走啊！从此，霍、靳两家人对村东南的小山分外小心呵护，有远方来的客人如果想进山砍柴，都被他们婉转地劝走了。

当年怀柔县城里有一家恒源当铺，掌柜的姓刁名益强，乃是本县有名的财主。他在城外有五顷多好地，又在城里开着这座当铺，靠着巧取豪夺家财越来越大，是怀柔有名的恶霸，人送外号"一只狼"。一只狼为了扩大当铺生意，特地从江南请来一位掌眼的先生，因为传说江南人善于识宝和看风水，这样恒源当铺日渐红火成了怀柔县里的首富。

这一年春天，一只狼为附庸风雅，特带着掌眼先生来琉璃庙镇踏青，三转两转就来到了杨树底下村。当他们走到村东南的小山时，掌眼先生立即停步不前，围着小山转了三圈后，便把一只狼请到无人之处，让他用重金买下此山，将来会富可敌国。一只狼立刻派管家到村里请来了霍、靳两位家长，很大方地答应给每家十两纹银，让他们从此搬离杨树底下村，另择安身之地。不想霍、靳两家的长者早已识破了一只狼的阴谋，当即一口回绝了他，气得一只狼暴跳如雷地滚回了县城。

回到城里，一只狼和掌眼先生开始盘算如何夺取杨树底下村这块风水宝地。平日里一只狼有钱有势就无人敢惹，更何况他妹妹嫁给了怀柔县的县丞，可谓手眼通天。没有三天就把杨树底下村霍、靳两家的长者押进了怀柔县城的大牢，罪名是杀人的江洋大盗，判了死刑。

却说霍、靳两位长者明了一只狼的野心和企图——无非是夺取杨树底下那座宝山以积累更多的财富，归根结底是开采山上的金矿。所以从入狱的那天起就每日喊冤不止，由于一只狼花了重金买通了衙役，所以他们越喊就越给两人加刑，眼看着两个人就要被整死了，终于惊动了怀柔县的知县于景隆。一天于景隆巡查牢狱，听到牢房内喊冤声不绝于耳，口口声声还都是乡音，因为他也是山东德州人，中皇榜放了一任怀柔知县，来怀柔整整五年了。今天听到了乡音恻隐之心大发，立即升堂问案，这才发现全是县丞一人捣鬼，所谓江洋大盗子虚乌有，立刻将霍、靳两位长者当堂释放。

可怜霍、靳两位长者被家人抬回杨树底下村后已经奄奄一息了，靠着乡亲们的救助，勉强活了三天。在咽最后一口气前，他们用嘶哑的声音说出了村东南小山有金矿的秘密，并嘱咐儿孙们一定要保护好它，说完两人就溘然而逝了。

两百年过去了,新中国成立不久,一支勘探队来到怀柔县山区。杨树底下村的村民乐坏了,很快就把保存了两百年的秘密告诉了勘探队的领导,使沉睡了千百年的黄金见了天日,成了建设新中国的重要财富。

喜鹊的故事

崔墨卿

清嘉庆年间,山东德州遭遇了历史上罕见的大旱,寸草不生,颗粒无收。青年霍玉先与同村伙伴靳广礼两人一同逃难,来到了北京的怀柔县。当他们乞讨到怀柔与延庆交界的琉璃庙村时,就再也走不动了,只好找一个山洞栖身。因为是傍晚住下的,待到天亮以后二人醒来一看,此山洞原来有人居住过。洞前有一条潺潺流淌的山泉水,喝一口沁人心脾。再往山坡上一看,有三棵高约几丈的笔直白杨树。哥俩一商量,此地有山有水有村,树上还有一个大大的喜鹊窝,是块难得的风水宝地,就决定在此住下来。

霍玉先在德州老家读过几年私塾,知道人马未动粮草先行的道理,那就是光有泉水和阳光不行,还要有填饱肚子的东西——粮食。可这深山老峪的到哪找粮食啊?两人就边开荒地边找野果、松子、山核桃充饥。虽然饥一顿饱一顿的日子不好过,但有清风明月为伴,日子过得还算滋润。

一天,二人在白杨树下歇晌,突然从树上掉下来一只小喜鹊,因为刚刚学飞练翅,被老鹰追杀伤了翅膀,到了地面只能走再不能飞了。霍玉先赶忙把它抱起来放进了栖身的山洞,又用捡来的松子喂它。小喜鹊还挺乖,没有几天就和霍玉先、靳广礼混熟了,开荒时陪着他们开荒,捡松子时陪着他们捡松子,俨然是一幅人与动物的和谐画面。

当喜鹊的伤口完全愈合后，又飞回到了大杨树上的喜鹊群中。但每天早晨和晚上，必用清脆的叫声把哥俩从梦中唤醒，晚上用叫声向他们道晚安。喜鹊成了他们形影不离的伙伴。哥俩在杨树底下开出有四五块荒地后，就开始沿着山沟的村庄讨要种子。他们走到哪里，这只喜鹊就追到哪里，并在头顶用"喳喳"的叫声为他们加油助威，使哥俩儿再不会感到寂寞。用了一个多月的时间，当他们讨回了足够用的种子返回杨树底下时，时逢阳春三月正是种瓜点豆的好时机。谁知天不随人意，眼看就要到家了，一阵邪风把两人吹倒，乞讨的种子全部掉在两山之间的山涧里。霍玉先和靳广礼两人见此抱头痛哭，口里念叨着天绝人也。就在两人绝望之际，忽然见天空飞来了一群喜鹊，由他们救过的小喜鹊领头，后面还有杨树底下所有的山雀，一齐向山涧中飞去。起初霍玉先还以为是鸟儿饿急了，见到粮食就吃呢，谁知这些鸟好像受了小喜鹊的感染，答谢救命之恩来了。它们没吞食一粒种子，而是把口中的粒粒种子全衔到了山洞前的青石板上，不到一个时辰靠百鸟帮忙，掉到山涧中的种子一粒不少全都找回来了，喜得霍玉先、靳广礼直向空中磕头。当年种下的玉米、高粱就获得了收成，为了报答喜鹊和山雀的恩情，就有了流传百年的吃敛巧饭习俗。

清水豆腐的故事

崔墨卿

杨树底下村的豆腐出名,在琉璃庙镇附近的十里八村的人们都喜欢吃,远在几十里外的怀柔县城的人们,也常常到这里来买豆腐。因为杨树底下村的豆腐质地雪白,吃到嘴里满口清香,还能医治一些农村常见的疑难杂症,这些事不是信口开河,而是有事为证。

清朝末年,杨树底下村搬来一户姓刘的安徽人,因为家乡大旱颗粒无收才逃难到此。这位安徽人名叫刘德江,带着十来岁的女儿和妻子来到此地,因为不善在山区种庄稼,就想起了自己家传的做豆腐手艺。安徽是中国豆腐的故乡,当年自淮南王刘安发明了豆腐以后,做豆腐的方法很快传遍了全省。刘德江家祖孙三代都是做豆腐出身,今天在杨树底下村正好大显身手。

刘记豆腐坊开张以后传遍了整个山乡,家家户户争买刘记豆腐。几年后,刘德江便自给有余,日子越过越好。有一年的三九寒天里,村里突然来了一个讨饭的花子,虽然只有二十岁左右的年纪,但因为食不果腹日晒雨淋,两条腿长满了牛皮癣,看起来比四十岁的人还老。刘掌柜看这个花子可怜,就把他接到了自己的豆腐坊中,先喂了花子一碗豆浆,又给他吃了一碗热豆腐,花子才缓过气来,道出了自己悲惨的身世。

讨饭的花子是本县桥梓镇人,名叫张浩,自幼父母双亡,

本有几十亩好地,父母在世时日子过得相当不错,还读过八年私塾,已读完《中庸》。十五岁那年桥梓镇遭瘟疫,张浩的父母双双染病而亡。其伯父张仁为富不仁,乘机掠夺家产,可怜张浩不到十六岁就被伯父赶出了家门,沿街乞讨四处流浪。自从来到杨树底下村进了刘家豆腐坊,他每日用热豆腐佐餐,卤水擦身,原来的疾病日渐好转,双腿的牛皮癣也痊愈了。没用一年时间小伙子就恢复了青春模样,全村人无不称为奇迹。说奇也不奇,张浩的病原本是因饮食不周,饥一顿饱一顿患了严重的胃病,牛皮癣则是因为讨饭四海为家由潮湿风寒所致。来到刘家吃了用山泉水做含有人体需要的多种矿物质的豆腐,比一般庸医的草药还强十倍,而用点豆腐的卤水治疗皮肤病本来就是民间单方之一。可在当时的历史条件下,科学尚不发达,很多人解不开这个谜,就说刘家豆腐治百病,刘德江立刻成了当地的名人。

张浩病好后再没沿街乞讨,而是留在刘家当了一名伙计。张浩本是良家子弟读过"四书"、"五经",受到刘德江老俩口的喜爱。刘德江的独生女也与他产生感情,真是水到渠成、天公作美,成就了这对美满姻缘。

再说桥梓镇的张仁到了风烛残年依然无子,眼看万贯家财就要落入旁门外姓之手,突然良心发现,四方派人寻找张浩。终于在杨树底下村找到了张浩,死说活说把张浩和全家接到了桥梓镇。刘记豆腐店的刘德江虽然和女婿一起搬走了,却把做豆腐的手艺留了下来。据说今天杨树底下村的豆腐坊还是当年豆腐的风格与口味,百年不衰。

智歼日本鬼子兵

崔墨卿

1931年"九·一八",日本关东军在东北发动了侵略战争,强占了我国的东三省。不久就扶持已退位的宣统皇帝在长春成立了伪满洲国。满洲国不仅仅在东北建立了伪政权,还一度把魔爪伸到了京郊的密云县。因为怀柔县是密云的近邻,卢沟桥事变发生以后,由小白龙白乙化领导的抗日队伍不断打击日本侵略军,所以日寇华北驻军在怀柔也设立了据点。因为杨树底下村是通往延庆的一条重要通道,为切断抗日军队的联系,日军在此驻扎了一个班,还强迫村民并村搬家,把所有住户集中在一个向阳的山坡上,沿村砌起了围墙,把村民圈禁起来,出村要请假,就是上山砍柴也要有日本兵监督,把村子变成了一座监狱。

村中有一个后生叫靳刚,本是怀柔县城师范的学生,在读书期间就接近了共产党的外围组织读书会。抗日战争爆发以后学校停办,靳刚就回到了村里,但和抗日的白乙化一直有暗中联系,并不断把村里日军的情况报告给抗日队伍的联络员。

1941年中秋节前夕,联络员找到了靳刚,策划配合白乙化的队伍端掉杨树底下村的日军据点,使一批抗日物资通过延庆运往张家口。到了八月十五这一天,靳刚特意取出存了几年的白干酒,让母亲又宰了下蛋的母鸡,煮了一锅红烧肉,在院里以庆丰收为名大摆宴席,村中三老四少俱已到齐,猜拳行令

的喧闹声惊动了据点里的一班鬼子兵。鬼子们到靳刚家院里一瞧，乡亲们喝得正欢，这可乐坏了这伙鬼子兵，他们端起杯就喝，抄起筷子就吃。这本是靳刚设的一计，乡亲们见状一个个悄悄地溜走了，把酒食全留给了鬼子兵，这些鬼子不一会儿就一个个醉烂如泥了。

靳刚见此情景，便在村中点起了一丛火堆，白乙化的队伍见到了火光，知道大事已成，迅速来到光村中，没费一枪一弹拔掉了鬼子的据点。消息传到怀柔城里，鬼子中村大佐大为恐慌，急忙调集人马向大杨树底下村开来，四辆摩托车打头阵，中村大佐骑着大洋马居中，一路上杀气腾腾，大有踏平村子之势。白乙化的队伍早已料定日本鬼子不会善罢干休，报复是不可避免的。因此，早在鬼子出发前，白乙化部就在离杨树底下村五里远的两山夹道的两旁，布置好了伏击的部队。当四辆摩托车开过去后，中村大佐刚一露头，枪声和鞭炮一齐炸响，不时还甩出几枚手榴弹，使鬼子陷入了包围之中，一时不辨东南西北。中了埋伏的中村大佐一看大势不好，急忙下令收兵，前队改为后队，留下几十具日本鬼子的尸体，逃回了怀柔城里。

从此，杨树底下村再没有设过据点，抗日的队伍又可以自由通行了。村中的乡亲们为了生活方便自发地拆了四周的围墙，村子又恢复了往日的和谐与平静。

山神火烧狐狸精

周止敬

怀柔县琉璃庙镇笔架山对面的一个山坡上,原有一座小庙,庙里供奉着山神和关帝。农历4月15是山神的生日,前往烧香的人有求必应。山神和关帝同在一座庙里,很多人不大理解,因为在其它地方,要不专供山神,要不专供关帝,没听过把这两位供在一起的。

平日里老百姓过日子只求诸事平安,可是这个村的方圆百里,总闹腾一些怪事情来:丢失活鸡活鸭算是平常事,老乡们收获的栗子和核桃一少就是半口袋,这可邪兴了,难道有狐狸精不成?这事越嚷嚷越广,山上的小庙能听不见吗?

一天清晨,东村的王大爷跟人说:"在老玉米地里,我总觉得有动静,昨天后半宿我悄悄起来在一边瞅着,就发现有匹马在玉米地呆着,快天亮时,它跑了出来,我就跟着它,它跑我追,你猜怎么着,是匹红色马,一直跑进了小庙里。俺进去一看,马腿上还有露水珠,说明刚从地里出来。我明白了,那是关老爷的赤兔马。"它跑地里干嘛?王大爷哪知道。原来这赤兔马是听了山神跟关老爷念叨村里闹怪的事,它决定在夜里去观察是什么东西干的,不想让老乡看见了。赤兔马禀报说:这些事都是狐狸精干的,它经常变个年轻的妇女,白天踩道,等人都睡了,它就出来干坏事啦。

山神爷听了赤兔马的话,还想再考察考察是不是狐狸精干

的。那时村外有一条护村河，一到冬天就结冰，山神知道车马不敢过，怕冻的不瓷实，唯一的办法是就看狐狸敢过不敢，狐狸生性好疑，仗着耳朵好，它能听到冰下有没有流水声，冰下没水流，才敢过。山神摇身变成一棵枯叶，落在冰上察看，眼瞧着夜快深了，有一条狐狸出现了，只见它趴在冰上沉了一会，听水下情况，直到放心了，才匆匆跃过。山神一直跟着它，看它回哪儿，看得一清二楚，就决心设法除掉这个祸害。

那时正是冬天，山地奇冷。山神打扮成砍柴老头的模样，挑着两捆柴，低着头，来到一个洞口，解开半捆柴禾，点着取暖，柴禾冒出的烟，借着强劲的山风一个劲地往洞里灌。工夫不大，就见一个中年妇女走了出来，她一边走着一边不住地说："这几天可真冷，让我也跟这烤烤火吧！"说着伸出两手，走近柴火。山神也不应承，随她便，她烤了半天，不觉得暖和，反觉得越烤越冷，她好生奇怪，也不敢说。这时山神从柴禾中取出一把黄豆杈，用柴火一点，豆杈就烧着了，在一旁的那个女人可就说话啦："别烧了，再烧就烧糊哩"。山神就等她说这句话了，借着这个口风，整个柴禾燃起的火，直烧向狐狸精，她想躲，已经来不及了，功夫不大，她就现了原形。打那以后，人们的生活平安多了。在狐狸精住的那座山至今有一条白印，那是烧柴留下的痕迹。

佛爷娘娘争占黑坨山

周止敬

北京怀柔县内高山耸立，绵延不断。有一座自命不凡的东大山，依仗着自己的底盘坚实，身膀魁伟，个头高拔，在东边自称为大。在其近旁有一座山，原来没名儿，就是看不惯东大山的骄傲自满。有一天，这山跟东大山叫阵："我说东头的那位，咱们比试比试长高怎么样？"东大山身大力不亏，马上应战，说："那就入黑开始长，太阳露头见短长。"没名的山白天憋足了劲，太阳一落就发功，朝天一指，定长一尺。东大山见天色已擦黑儿，也内里发功，脚一用力，长一尺一。两座山比着长，等到天亮了，东大山本来就高，功力又比无名山大一点儿，无名山虽然也长了许多，终究没有超过东大山，气撞满怀，打那得了一个外号叫"气不忿"。东大山自挑大旗要称王，这件事很快就被黑坨山知道了，黑坨山轻蔑地一笑，由牙缝里挤出一句话："东大山再高也是我的半山腰。"话传到东大山耳朵里，方知道楼外有楼，山外有山。在怀柔县都比不出去，远处就更别说了。

黑坨山说的那句话，虽声不大，可是让过路的一位佛爷和送子娘娘听到了。这俩是仙界的人物，朝下一打量，看黑坨山果然清气冉冉，气象不凡，是一个修行的好地方。于是就生了想占黑坨山安家的念头。俗话说，世上没有不透风的墙，佛爷和送子娘娘互相都知道了对方的心思。送子娘娘心气盛，登门

拜访了佛爷，表明了自己的意思，希望佛爷大度一点，礼让地盘。佛爷也知道人间世面上的情况，想找一个称心如意的修行之地很难，两个人争了半天，谁也没有让出的意思。最后，佛爷提出比赛的条件，他说："只要太阳一落山，咱们俩人从两条道上山，一块出发，谁先登顶，算谁的，怎么样？"送子娘娘同意。她暗下决心暗中铆劲，争取捷足先登。

这两位按时出发，娘娘到了上边一看，佛爷已坐在了山头。送子娘娘想，今这事儿，有点不好办，需要动点心思。佛爷未等娘娘开口，先说道："我走得快，先到了，这山归我所占，你请回吧！"娘娘并不着急地说："我还说我先到了呢，这里又没有证人。所以谁说了也不算数，咱们得拿出物证，以证明自己确实先到了，您说哪？"佛爷好像早有防备，微微一笑说："我也这么想，我在上边按了一口锅，你不信可以近前一看。"娘娘走近观看，果然有口锅，可她却胸有成竹地说："是有一口锅，可是您来晚了一步。"佛爷一楞："不能啊！我按锅的时候，除了我没别人啊！"娘娘说："我到的时候，没个人说话，太闷得慌，我撂下东西，就随便溜跶去了。"佛爷忙问："你撂下什么东西？"娘娘不紧不慢地说："请佛爷把锅端起来看看。"佛爷过去把锅端起，看见下面有一双女人的绣鞋。佛爷心里这个不是滋味啊，又不知道这是怎么回事，一气之下，乘一缕春风，上了延庆的佛爷顶。佛爷走后，娘娘仔仔细细看了一下这座山，发现这是一座母山，它的周围山连山，山靠山，好像是一大家子，人丁兴旺，送子的活儿怕是要受到影响，因此她也不想呆在这儿了，于是奔了密云建了娘娘庙。佛爷和送子娘娘争占了一回黑坨山，却谁也没呆住，要不然这里有座出了名的大庙，到这儿的旅游观光客会更多了。

大杨树

周止敬

二郎神在天上玉皇大帝面前顶多算个卖力气的杂役,玉帝经常分配他的活儿就是挪山,也就是靠两个肩膀挑一副挑子,装满了山石,从这处挪到那处。这纯粹是一个力气活,每天都挑,二郎神的肩膀上压出了一层厚厚的茧,好在挑惯了,也不觉得多累。

二郎神有一个爱好就是追太阳,看见太阳升起他就来了精神,挑着山朝东方的太阳追赶不舍,直追到太阳从西边落下去,看不见了,他才觉出累来。二郎神担山赶太阳,只要路过大杨树就一定在树底下歇会儿,冬天取暖,夏天乘凉。有一年夏天,他路经十几座山,渴的要命,嗓子简直快冒烟了,便掏出了水葫芦饮水。饮了一半,他顺手把葫芦撂在山崖上,接着担山赶太阳,葫芦里的水却滴滴嗒嗒地顺着山崖一直流个不停,越流越多,流出了一股山泉,这就是腊扦山的瀑布和天露泉水的来历。有一次,二郎神追太阳来到大杨树下,本想歇会儿就走,没想到他上眼皮一碰下眼皮就睡着了。等他醒了,太阳已经跑得老远了,再看大杨树荫凉还是睡前那样大小,一点没变。

离大杨树不远有一棵桑树和一棵椿树。椿树不知天高地厚,自我吹嘘说:"椿树王,椿树王,没有椿树盖不了房。"谁都知道椿树既不美又不香,怎么成了树中王呢?起因得从清朝

乾隆皇帝说起。乾隆皇帝早就听臣下说，京都远郊风景优美，跟江南景色不同。乾隆想既然这样，又很近，用不着兴师动众，不如哪天自己微服私游一趟。一年春末夏初，乾隆悄不声地出宫，骑马往怀柔方向而来。来到大杨树这个地方，已经劳累不堪了，他把马拴到一棵树上，接着席地而坐，想仔细看看这里的风景。此时，他有点饿，肚皮发瘪，时不时地听见咕咕叫，不由得老是咂巴嘴。忽然一颗什么东西掉进嘴里，他一咬，又甜又有嚼头，他一抬头，呀，满树都是小红果子，他高兴极了，树枝很低，他摘了一个够，吃了一个饱。吃饱了，精神也足了，不愿意再往远处去，摸索着原道回到了宫里。此后诸事繁忙就把这事忘了。转年这个时候才想起曾到远郊游玩，那是很有趣的一次春游。他兴致又起，带上三五个较年轻的重臣旧地重游。当来到大杨树这个地方，忽见有一棵很大的椿树，树上那一嘟噜一嘟噜的椿树籽即将成熟，红黄相间，鲜艳可爱。他想起去年充饥的果子，于是手指椿树向臣子问道："众位爱卿，此树何名？""这叫椿树。"乾隆没说原因，也没深问，随口说了一句："封椿树为树中之王！"重臣想这是哪门子事啊？跟着又到别处欣赏景致了。这且不表，再说椿树凭白无故受了皇上诰封，虽心领神会了，但昧了良心，不久树心就空了。而去年用果实填饱乾隆肚子的桑树把五脏都气炸了，这一气不得了，打那年起，桑葚儿熟了以后都成了紫黑色。立在不远的大杨树心知肚明，前前后后清清楚楚，它用宽厚的树叶紧着摇晃，可劲地鼓掌大笑，既笑乾隆不明事理错封了椿树，也笑桑树多余生闲气，伤了自己的子孙。

驴蹦跳

周止敬

琉璃庙地处深山，山弯路险，崎岖逶迤。人们出行特别是出远门，只能以骑驴代步。我们采访期间，偶然见到驴，温顺的很，它受累没的说。可是，此地有个规矩：女人骑驴正坐，男人骑驴打偏坐。打偏坐就是侧身。为什么男人骑驴打偏坐？说来有个故事。

在清朝的时侯，怀柔是个县，县官姓甄，外号叫"甄扒皮"，俗话说得好，"为官为官，十人九贪"，甄县官尤其贪的邪兴。甄县官四十来岁，长着一对雀朦眼，看东西虚乎虚乎，书念得不怎么样，就仗着家里有俩钱儿，买了个官。他有个怪脾气，出门不坐轿，专爱骑毛驴。也难怪，怀柔那地方百分之八十是山，坐轿虽然威风，可抬轿的怎么走啊？您找齐儿，甭打算，一迈脚，说不定就崴了。一天，甄县官想夏天快到了，怎么也得装模作样地干点事，他好从中发财。他在平原县城呆过，夏天是要防汛的。虽然他去年才到怀柔来做县官，怀柔是山区，可为了敛财他照念旧经。于是便吩咐衙役："给老爷备驴，我要去巡察堤防，为民造福。"他骑上毛驴，带着两个衙役出了衙门，每到一个村庄，就对地方说："老爷我是来率民修堤的，每村要出白银千两，务必火速办理。银子齐了，送到县城。老爷我要精打细算，花不了的钱还要退给你们。"

这天，到了杨树底下村，见了地保，还是那套话照旧说一

遍，地保不敢慢怠他，临时攒些钱给他预备了酒席，先堵住他的嘴。甄扒皮酒足饭饱之后要休息一会，躺在炕上便眯着眼儿想心事：几千两银子捞到手，少一半修堤，多一半入腰包，今年就拿下来了。再拿出二三成打点上边，过两年又升一级，弄个更美的差事干干，想着想着便睡着了。

杨树底下村有个不得志的张秀才，虽下了功夫读书，可每年科考总是不中，他想人的命天注定，胡思乱想不中用。于是，他就在村里当个私塾先生，勉强混口饭吃。别看他命不济，可志不馁，特别是一听到贪官就恨得牙根疼。穷村里向来没有力量置办酒席，县官甄扒皮到了，又吃又喝，还要千两银子。张秀才的越想气越往上撞，他暗自打定主意得想个法子治治这狗官。听说他好骑驴，就往驴上打主意。

他走到地保门前，见拴着一头毛驴，便走到驴的面前深深地作了个揖。驴从来没见人跟它有这个动作，正在纳闷的时候，就觉得身上挨了几下重重的鞭子，打得毛驴又蹦又跳。光是这一遭还罢了，紧接着又连着来了几次，直打得毛驴晕头转向，眼冒金星。毛驴心说，我招惹谁啦？平常县官待我不这样啊！这时只见张秀才又站在它面前，深深地作了一个揖，毛驴明白了：这个动作决不是好意，甭说，新的一轮抽打又该开始了。这时不等秀才动手，毛驴就拚命地蹦跳吼叫。秀才看见毛驴这样啦，小声说："行啦！训好啦！"

县官正睡得好好的，就听外面自己的驴吼叫，一下子惊醒了。身边的两个衙役见县官睡了，到远处闲溜跶去了，估摸着县官快醒了，这才往回走。县官见衙役回来了，喝了几杯茶，又嘱咐地保几句，准备打道回府。

毛驴看见县官出来了，这才放心，它心说，快离开这个地方吧,我凭白无故地挨了几顿打,跟谁讲理去?县官坐上毛驴悠哉悠哉地走着,见迎面来了一个人,县官并不认识,根本没在意,可是毛驴认识啊,这不是刚才抽打我的人吗?不由得警觉起来。张秀才慢慢走到驴前,边喊边作揖:"拜见父母官老大人!"毛驴一见来人一作揖,知道又要开打啦,于是竖起耳朵,又跳又蹦,哇哇直叫。它这一闹腾不要紧,县官还没弄明白是怎么回事,已从驴背上叽哩咕噜滚了下来。张秀才心里这个乐呀!总算出了一点恶气。回到村里跟乡亲们一说,大伙齐声夸他有勇有谋。县官这回吃了亏,估量他不敢骑驴来了,索要的银子也许能打点折扣。从那以后,当地人骑驴就有了个奇怪的规矩:女人骑驴正坐,男人骑驴得侧着身,随时准备驴撂蹶子时好下,免得伤着。

敛巧饭叙事诗

周止敬

有一件事情,说来有点奇。霍、靳两贫民,逃难到山区。地名叫怀柔,举目无靠依。严冬逢腊月,强忍肚内饥。生存最重要,活命是前提。必须有吃食,生命才延续。上天不恩赐,唯有自努力。漫山找人家,从中寻籽粒。山峰陡又峭,山路更崎岖。遍地是石块,到处是荆棘。荒草无尽头,呼呼北风吹。走了三昼夜,总算闻鸡鸣。

远邻人有情,匀出种一碗。装入布口袋,希望始点燃。辞别返回路,归心似飞箭。艰道不容快,脚下如绊蒜。怀揣谷种人,跌倒山坎间。衣破不足惜,谷种尽分散。石面还好拾,石缝怎么办?正在犯难际,雀儿飞身边。几只山雀儿,齐把本领现。巧啄缝中谷,粒粒不下咽。俱堆在一起,多遂人心愿!

谷种播入地,长势壮精神。鸟儿经常来,食虫护苗根。尽了一把力,也寄一份心。庄稼得收获,支持贫苦人。山清水秀美,世外传佳音。此地有吸力,渐有人投奔。深秋换寒冬,田野肃纷纷。山雀不时到,寻觅解饥困。山民累一年,痛快过新春。正月十五日,人们记犹新。去年这时候,多亏雀儿群。眼看天转暖,岂忘鸟儿们。决定在明日,捧出答谢心。

几多幼童女,挨家去敛粮。有菜的供菜,炊具众人帮。十六天破晓,山民聚围墙。大家齐动手,热气暖心房。互贺吉祥话,吃粥共品尝。有人抓出谷,向天空一攘:召唤众鸟雀,冬

季休心慌,吃的准备好,不缺你口粮。村民祝心愿,事事求顺当。从此敛巧饭,年年都兴旺。相袭二百年,到时准开场。花会相陪伴,高跷绝活亮。"抱月"又"背剑",上下台阶忙。红绸舞起来,热闹异非常。妇女乞手巧,男人脑灵光。人鸟和谐处,岁月共久长。

老商号聚源厂

宋庆丰

解放前,琉璃庙村北小山后面有一个叫聚源厂的商号,场地很大,院内经常堆积有数十万斤的柏木疙瘩。商号把它运到四盘碾子和三渡河等村,用水碾子也就是利用水的冲击力量带动碾轱辘转动的装备加工成香面,制香厂再把香面加工成拜佛用的燃香,不仅在北京热销还远销天津、广州等地。由于聚源厂用柏木疙瘩加工香面,绝无掺杂一点其他木料,因而香面质地纯真,远近闻名。

聚源厂为什么要选址设在琉璃庙呢?这是因为琉璃庙一带的柏树很多,制香的材料十分充足。另一个主要的原因是,在每年春夏青黄不接的时候,商号向农民大量放贷粮食。利率不高,一年利息5%,借一斗粮食满一年时多还半升。而且农民还贷又不拘形式,可以到秋后还粮;也可以把收获的土特产如甜杏核、栗子、核桃、花生等作价偿还;也还可以刨些柏木疙瘩作价偿还;有的农民没有任何土特产或粮食则可以以工抵债。聚源厂为什么放贷利息如此微薄?这其实是商家的一种经商手段,一方面是薄利多贷可得到不少的利息收益,另一方面把粮食借给谁,谁就得把土特产品卖给厂家。这样就能保证土特产品货源的充足,同时也起到了垄断市场的作用。

农民把收获的带皮甜杏核和花生偿还聚源厂,聚源厂把这些货集中一起后运至平原储存场,再组织人力把杏核和花生剥

去外皮，然后筛选分类。甜杏仁分成一、二、三级，装麻袋后，印上聚源厂的字号并标明等级。而花生米则分为两种，大水峪、神山、邓各庄一带为黄土地，所产的花生外皮稍厚，出油率稍低，但肉皮粉红，鲜艳好看，适于炒花生米用。宰相庄、梨园庄、北房以东一带为沙土地，所产的花生皮薄出油率稍高，但肉皮颜色较淡，适于榨油。所以聚源厂把花生米分别装袋后，除印上字号外，还标明黄土地或沙土地产品，使顾客一看便知用途。然后，大批运往广州，出口香港。

由于聚源厂多年来对质量的严格管理，无论甜杏仁或花生米，保证没有一粒发霉或破碎的，而且利润适当、价格合理。如此年复一年地坚持"诚信为本、质量第一、薄利多销"的原则，因而博得了广州客商和港商的信任。他们一看是怀柔县聚源厂的货物，绝不拆验。由此，聚源厂的字号誉满广州、香港。

解放前据传甜杏仁能解山岚瘴气之毒，因而在川、黔、云、贵等潮湿地区，在夏季人们都喜欢口含两三粒杏仁以防瘴毒感染，故此聚源厂的甜杏仁在我国南方各省的销量很大。

聚源厂的投资人姓宁，字子恒，密云县城人，他家的花园，解放后是密云一中校址。宁先生在京津一带的商界颇有名望，他制定了开办企业的三原则，要求所办各商号掌柜务必严格执行。其主要内容是：一诚信为本，二质量第一，三薄利多销。所谓诚，即不蒙不骗，不欺不诈；信，即说到做到，言行一致。质量第一，即不掺杂使假，不以次充好。宁子恒开有多家商号，商号名称中均有聚字，如聚源、聚丰、聚恒、天聚、永聚、汇聚……

怀柔聚源厂由于经营得当，资金非常雄厚。据琉璃庙一带老人讲，它往外放贷粮食多年未曾间断，收购土特产品，都是现金交易，从未赊欠过。

走百冰去百病

董文淼

怀柔区琉璃庙镇杨树底下村，因当年村里有棵大杨树而得名。这棵杨树高大粗壮，枝繁叶茂，要几个人合抱才能把它的树干围绕起来。白天，树荫茂密，人们都到树下乘凉。到了夜深人静时，树叶被风吹得哗哗作响，如大海波涛一般。村里的小孩子外出时，怕走错路找不到家，只要远远地看到大杨树，就放心了，知道快到村口了。

杨树底下村保留了很多古老的民俗，可以说是个民俗村。每年农历正月十六是村民们最高兴的日子，这一天要全村会餐，吃"敛巧饭"。这一天，村民们都穿上节日盛装，看大戏，走花会，连出嫁到其它村庄的姑娘，也要回来住娘家，邻村村民也要赶来看热闹，届时整个村庄，人山人海，好不热闹。

人们在大饱口福又大饱眼福后，还有一项民俗活动，就是"走百冰"。村民们成群结队地到村南结冰的小河上走一百步，"冰"与"病"谐音，意思是"走掉百病"，祝福全年无病无灾。

"走百病"的习俗，在京城也曾有过，那是在明、清时期，时间也是农历正月十六。当时，元宵节要从正月十三至十六，举办四天，在最后一天晚上，妇女们都穿上白绫子罩衫，成群结队地出游。走在最前头的那名妇女举香开道，其它妇女

随后，游人可以自由参加，队伍越长越好。大家顺序从前门正阳桥上走过，谓之"走百冰"。据老人们说，不过桥不得长寿，过桥者可保全年无病无灾。然后继续前进，妇女们还要排着队去摸城门上的门钉。那门钉有馒头大小，被摸得锃光瓦亮，据传摸了门钉的妇女就可以生男孩，所以盼子心切的妇女，争相去摸门钉。

那么京城的"走百病"与杨树底下村的"走百冰"谁在先谁在后呢？据考证，京城的"走百病"从明代就有了，杨树底下村是清嘉庆后才逐发展起来的，可见京城的"走百病"应该在先。只是，京城的"走百病"在近几十年来逐渐消失了，没有保留下来。杨树底下村虽是传承者，却传承得很好，使得这一传统民俗在这个偏僻的山村得以保留至今。而且杨树底下村的"走百冰"结合当地环境和客观条件，其"走百病"的内容和形式又有了变化和发展，由走"桥"改为走"冰"，较走桥更为恰当合理。

笔架山与元宝山

董文森

怀柔区琉璃庙镇杨树底下村真是个好地方，四周群山环抱，树木葱笼，在北山坡下面，有一片小平原，平原的高处，是一个东西走向的村落，约四五百米长。平原处有农田，种植高粱、玉米、西洋参等作物，低洼处则是小桥流水。村口东边有座山，高低起伏，有三处凸起的高峰，又有两处凹低的山谷，远看很像一个放毛笔的笔架摆在那里，所以人称笔架山。村西侧有山峰，两头上翘中间下凹，很像一个大元宝，人们就叫它元宝山。村东南的山上有金矿，所以人都说大杨树底下村是个宝地。

这个村有个传统，就是爱鸟。每年正月十六日，是村里吃"敛雀饭"的日子。人们预先从各家敛来米面菜蔬，在正月十六这天早晨，全村人都参加烹制"敛雀饭"。饭做好后，先拿出一部分喂鸟，然后全村会餐，外村人遇上也免费热情招待。除了这个优良传统外，村子的东半部和西半部又各有各自的传统。村子的东半部分村民爱读书的多，有文化的多，能写一手好字的多，还出过秀才。村东的村民们对文学的钻研甚至到了痴迷的程度，据说从前有个文学青年，有一次不小心摔了个跟头，在他爬起来时，还在想趴下的"趴"字该怎么写。直到如今，村东的孩子们从小就爱学习，考试成绩也名列前茅。而且，考上大学的、在外边教书的、出国留学的也比村西的多。

而住在村西的村民们却很善于经营实业，心灵手巧，大多从事瓦匠、木匠、中医，兽医等行业都有赚钱的本事。直到如今，住在村西的村民在外面经商的多，承包工程的多，而且能取得很好的业绩，先富起来的比村东多。

为什么一个村里竟有如此明显的区别呢？据说，前清的时候，有一天，村里来了一位老者，自称会看风水，那天正值农历正月十六，村里正在吃"敛雀饭"，见了这位老者自然也热情招待他吃饭，饭后请老先生给村里看风水。只见老者四下远望，当他看到笔架山，说：这座山风水好，文气盛。又加重语气告诉大家：靠近笔架山，文才不一般。老者又往西看，看到了元宝山，说：这元宝山的风水也不错，财气很旺。老人重点指出：靠近元宝山，做事会赚钱。有人想请老人给自家看风水，还表示可以多付报酬，被老人家谢绝了，过了一会儿，有人再四处找，老人已踪迹不见。村里就有人说这是山神爷下界来了。

后来，据说是受山神爷说法的影响，喜爱文学的村民逐渐搬到村东居住；而善于经营实业的村民则逐渐搬到村西，由此形成了村东与村西不同特色的人文传统。

听了这个传说，大家很有兴趣，在村中采访时就想印证一下。当我们走进村西一家院落时，男主人不在家，在外面搞道路工程承包，女主人接待了我们。女主人三十出头，中等身材，落落大方，很是健谈。据她介绍，她家新盖了这处三合院，准备搞农家院，接待城里的游人。三合院中有北房五间，比较高大，塑钢门窗，还有东西厢房各三间，庭院中有一小型花园，种有枣树，上面结满了尚未成熟的青枣，还有小型的假山、花卉等。据她介绍，房子刚刚盖好，准备一下后就可以接

待来此旅游的客人了。当我们称赞说村西人有经营头脑时,女主人接过话茬说:"其实我是村东人,后来结婚嫁到了村西边来。"这时大家拍手大笑起来,说:"你们家是智商与财商的最佳组合,村西的能人,娶来了村东的才女。难怪你们能最先想到在村里搞乡村旅游。"搞旅游不仅需要经营头脑,还是半个文化产业,有了文化人参与乡村游接待,一定能搞的很有特色。

杨树底下敛巧饭

刘嵩崑

位于京北怀柔琉璃庙镇的杨树底下村，每年的正月十五到十七这三天比过春节还热闹，不仅全村甚至全镇的村民，不管男女老少，人人笑容满面，个个身着盛装，共同欢度一年一度的"敛巧饭"民俗风情节。尤其正月十六这天，是民俗节的正日子。人们一大早从邻近的村镇、区县、市内乃至外省市云集到这小小的村庄，共度这"敛巧饭"民俗风情节。

"敛巧饭"的民俗就是从杨树底下村兴起的。

"敛巧饭"最开始的时候，只是由村里十二、三岁的小姑娘自发组织起来挨家挨户敛收食粮、菜蔬，最后聚集一起，再由成年妇女协助，搭锅垒灶，将敛收而来的食粮、菜蔬放于一锅内做熟。老太太一般不介入，但可在一旁动嘴指导，男人是不许参加的。人们管这做熟了的菜饭为"敛巧饭"。待敛巧饭做熟后，全村的妇女，尤其是未出阁的姑娘，都要聚在一起吃饭，但在吃这敛巧饭之前，首先要扬饭喂雀。人们将做熟的菜粥，随手抛向东西南北四面八方，以唤来麻雀前来啄食，人们还大声念念有词："小家雀（巧）你别着急，你吃的东西全备齐，快快飞呀来这里，因为这里有吃的。"以祈祷来年风调雨顺、五谷丰登之寓意。人们利用"雀"的谐音，变"雀"为"巧"，以示一字两义，既有喂"巧"（雀）之意，又含"灵巧"之意，故为敛巧饭。这里的村民，历来把家雀、山雀等

生灵,视为神仙之物,不但保护,还要供奉,体现出人与鸟和谐相处,也就是人与大自然的和谐。

  随着岁月的飞逝,粮食的丰收,人口的增长,生活的富裕,敛巧饭亦在逐年变化中形成不再是单一的菜粥了,而是融进了文化内涵的多品种的"敛巧饭"。在做饭过程中,口里还要念叨"敛巧饭,大伙敛"、"巧饭节,大家办"、"不打架,不红脸"、"邻里睦,求发展"、"一吃心灵手巧,二吃财源滚滚来"、"吃他个日子赛神仙"、"吃他个益寿又延年"等吉祥语。还往粥里放入顶针儿、针线等女人做针线活儿的用具。谁若吃到了顶针儿表示心灵,吃到针线表示手巧,预示姑娘们心灵手巧,定能找个好婆家。后来又增加了放铜钱,谁若吃到了这铜钱就会财运亨通。另外,在吃敛巧饭的这一天,有高跷、旱船、跑驴、小车、秧歌、腰鼓、什不闲等花会表演,还要搭戏台,请戏班来唱一天戏。村民还要到村南的河套结冰河上走百步,名曰走百冰。"冰"与"病"谐音,其意为"走掉百病"、"去掉百病",祝福无病无灾身体康健。为什么敛巧饭要选在正月十六这一天呢?因为旧历年、元宵节均已过去,俗话说"年也过了,节也跑了",到了正月十六,该春耕大忙了,选这一天吃敛巧饭,是为新一年的农事活动做好准备,这也是一种古代农耕文明"活"的遗存。

  杨树底下村村民主要是霍、靳两大姓,今已传至第十三代,他姓村民仅有梁、黄、常少数几家,他们同样加入到敛巧饭的行列。敛巧饭这一民俗风情节,使这小小的村庄声名远扬。若只从媒体报道得知,仅是新闻与知识而已,只有身临其境,才会别有一番风情滋味。为了庆贺敛巧饭被列为国家非物质文化遗产,2010年的敛巧饭民俗风情节,显得格外隆重。

当人们驱车行驶至怀柔县城时，便远远望见环岛北侧举办敛巧饭的巨大广告牌，颇为醒目。待到了杨树底下村村口时，临时开辟的停车场中早已停放着数十辆大小不一、款式各异的汽车。步入村南的河套南岸广场，会看到从会场布局、锅灶排列，花会表演区、民俗活动区，乃至休闲区都安排的井井有条。尤其用餐区，地面用灰砖铺地，由东向西置放着各种精致的山雀灯，引人驻足观赏，那高悬的红灯笼挂满会场，增添了节日气氛。

敛巧饭活动从早晨8点开始，80口直径80公分的东北牌不锈钢锅，在做饭区一字长蛇阵似的排列，每口锅都有专人负责，均为女性。她们一律身着兰底小白花的上衣，干干净净、认认真真地负责自己所做的饭食，为了避免做的一样，事先都分配好谁做什么，有白米、小米粥、玉米渣粥、杂粮粥、豆粥、排骨、炖肉、菜食……还有十余箱牛栏山二锅头酒。餐具都是一次性碗筷。各式各样大小不一的饭桌，显然是各家村民拿来的，依次摆放在饭锅的南侧。在点火做饭后，首先举行了神雀台揭幕。随之各种花会顺着表演路线依次表演，各展其艺，精彩之处不时赢得阵阵掌声。时近中午敛巧饭全熟了，开饭前，首先在扬饭喂雀儿台举行祭拜活动，扬饭喂雀毕，派专人把敛巧饭分别送到村中老人家中，名曰送饭敬老。同时来自四面八方的人们，可以任选自己想吃的敛巧饭，依次排队领取，在用餐区集中用餐，别有一番情趣。饭后，人们又到临时搭建的戏台前，观看上午未演完的节目，他们是由东北赶来助兴演出二人转的，演到精彩处，台下不时发出阵阵的喝彩声。年复一年的这一民俗风情活动，给这平时寂静的山

村带来了欢乐与祥和,使杨树底下村的邻里关系更加和睦,村风更加和谐。真希望敛巧饭这一民俗风情永远不会中断,一直传承下去,名扬海外。

欢乐的山谷

——怀柔大杨树底下村散记

崔金生

路　上

早7时许,我们从怀柔红螺寺前宾馆出发,一路上山山水水,观赏了如各种兽形的山峦,它们如虎似狼,像人若物,变化万千,高低起伏,连绵不断;一条整洁的汽车公路,宛如一条银带系在万水千山之间,随着山势的起伏向着远方延伸,如水似蛇,无有尽头。汽车盘旋在怀柔的山路上,空气清新,路上不用说人,连汽车也没有看见,真有"此山为我开,绿树为我栽。空气亦清亦新,美景入眼来"的感觉。我们一行十人,好像从都市浑水中游来的鱼,沐浴在清新翠绿的世界里,穿行在寂静的山路上,只有清脆的鸟语和飞禽的扑翅声,顿觉身心馨香,神清气爽。片片白云,时轻时重,起起落落,景物时隐时现,远山烟云腾空,一轮红日挂在晴空,喷出千条瑞彩,万道霞光,使得山峦呈透明状。山入云际,山脉凝绿流翠,悬瀑溅珠。一时古树、怪石、奇花、异草,在山路两旁不断出现。车行在高山绝顶处,眼前不仅是"一览众山小",还有如无边大海,层层山涛,在一轮红日的映照下,扑向远方的云际,这活生生的画面,若用气象万千来形容亦不过分。这无

比的壮丽江山用笔表述也难，使人陷入眼前有景道不出的窘态，只有一声长叹，真是老天造化无穷，人间才华有限啊！

这一路上山青水秀寂静异常，当我们来到琉璃庙镇杨树底下村时，就换了一个世界，如一下子掉入了欢乐的山谷，只见无边的人群，如蚂蚁盘窝似的人挤人，一阵阵欢歌笑语，锣鼓声声在怀柔的群山中飘荡……

追往

今天是正月十六日，是杨树底下村每年不变的"感恩节"，数千人聚集在青水河边，大山之下，举办多姿多彩多的民俗活动……

我们下车进村游览，只见村前高搭彩牌，忽一阵锣鼓声传来，过来一支高跷队，红男绿女身着古装做出各种高难的动作，在人群中扭着秧歌，非常生动地表达村里人的无边喜悦。阵阵腰鼓声中还有小车会及各种花会表演，这个感恩节凝聚着村中老少欢庆、喜悦、感恩的心情……

进村后，只见处处红灯映眼，家家户户的门前张贴着红色对联，而且对联的内容绝不千篇一律，皆是词由己出，用各种对仗押韵的语言歌颂改革开放带来的幸福生活。

村子里房屋的墙壁上处处有砖雕作品，内容有"王祥卧冰"，"九龄温席"，"郭巨埋儿"等"二十四孝"中孝敬老人的故事，尊敬父母、感恩是杨树底下村的优良传统。

村子并不大，家家户户都非常整洁，清新古朴，毫无造作之态，给人一种自然之美。我们偶然走进一家院落，主人正忙着做豆腐，看我们来了，就放下手中的活，非常热情地请我们到屋中喝茶。他们都身着新衣，满脸欢笑，见着我们像多年不

见的亲友那么高兴，让人从心里感到热乎乎的。我们摆手谢绝饮茶，主要想看看做豆腐的全过程。知道我们的来意后，主人就又忙活起来，边做豆腐边说："一会将豆腐做成后，送到村边去做菜，您们一定要多吃些！"我们又交谈了一会儿就出了小院，主人又说又送挥手告别。

出小院后，徐徐前行，只见家家门前和村边上都堆着一捆捆的木柴，码的整齐如一，这些烧火用的柴木似乎都成了艺术品，显得那么精神。从这一捆捆码的齐整的木柴上，也能看出杨树底下村的山民过着井井有条的生活，反映出他们对今天的生活无比的爱。

我们沿村边的青水河的冰床走入了欢乐的海洋，满山谷的欢欢笑笑，有这块小平原地上，聚集着三四千的人。俗话说："人到一千，无边无沿"，况这数千人相聚的场面，又是何等壮观！何等的气魄！这些人中，除了本村的人，还有周围山村的亲友、近邻，犹如一条条欢快的小溪从四面八方流入杨树底下村。无论走到天涯海角，人们也要提前到家，在这里欢聚共进敛巧饭。数千人穿新衣，戴新帽，做着各种游戏活动，他们欢天喜地，正月十六共食敛巧饭。青山无际，空气清爽，阳光下杨树底下村像一幅多彩的油画，嵌在每个游人的心中，将永远不忘……

欢　腾

若要站在山上向下看杨树底村的平原处、冰河旁，就像一锅"人粥"，汹涌起伏，欢乐跳跃。喧天的锣鼓声、鞭炮声、说笑声此起彼伏，接连不断，在群山回荡。我们一行十人投入了这欢乐的山谷，如一滴水投入欢乐的海洋。

我们走入人海中才看到村南的大戏台上正在演出，在人海的空处有各种欢乐的场所，如斗鸡、斗羊、摔跤等等娱乐活动。村边那条青水河已成为白玉般的冰场，冰上的男女老少，有推冰车、走冰、滑冰的，据说此日"走百冰，去百病"，所以总有人在冰上行走，为的是美好的祈盼。

更令人大开眼界的是，在村南河边上，一眼望去有近百口大铁锅，腾烟沸雾，锅底下的湿柴烧得辟叭乱响，大柴锅前有村妇一至两人，她们身穿一色的左大襟碎花小棉袄，有的弯腰执铲操作，有的在附近桌上备好各种蔬菜、猪肉、粉条、土豆、豆腐等食品，每个村妇无不呈欢乐状，都各忙自着炖肉、烧菜。这场面使我想起共产主义大锅饭和百万军队在行军中的野炊。我走近她们一看，所做的菜品有大白菜、酸菜、海带、萝卜、杏仁和大肉等。当然喜庆的日子不会缺酒助兴的，旁边还堆着一箱箱的二锅头白酒。整个山谷弥漫着菜、肉的香味。从早上8点人们就到各家敛收菜蔬、杂粮，9点许敛巧饭和各类菜就开始制做了，这是杨树底下村一年中最为欢乐的日子。因为所有的人都在这一天欢聚了，村人代代不忘本，感恩于山雀的救助，没有当年的山雀就没有今天这欢乐的人群。这里的人们，从来都没有打鸟的行为，百年未与鸟和平共处……

在村南古戏台的北侧，每年正月十五日都要搭起一座高大的神雀台，于正月十六日上午10点整，神雀台揭幕，震耳欲聋的鞭炮声响彻山谷，把山上的树枝震得上下抖动，欢乐的人群又掀起了新的高潮，欢乐的浪潮一浪高过一浪。人们载歌载舞，感谢神雀，更重要的是在一年一度的敛巧节上，平时村人有些摩擦，闹些矛盾，或红过脸（都会在这一天文和解）。大家一同举杯，共食敛巧饭，往日的矛盾都要全部化解，从这天

起都要投入和谐的火红的生活。正月十六日是杨树底下人与人、人与自然大和谐的节日，是化解一切矛盾的日子，是人人挂着笑脸的日子，是全村大团结的日子。

上午11点敛巧饭祭拜活动正式开始，由村里年高有德的老人登台首先扬饭喂鸟儿，把饭食洒向东西南北四方的空中，边扬饭边说："小家巧你别着急，你吃的东西预备齐，快快飞呀来这里，因为这里有吃的。"

"这里有吃的"一语也象征着来年风调雨顺、五谷丰收。杨树底下村就是用这种方式来表达世世代代对鸟大恩大德的感谢之情。

祭鸟后，首先要把敛巧饭送到村中，给各家各户行动不便的老人送去，以体现尊老的风俗。

中午12点整，由祭鸟的长者大喊一声："开饭喽！"然后山谷中数千人同吃敛巧饭。这时不分男女老少，不管来者是谁，都免费聚餐。于是，人们涌向那一排大铁锅前，每人手执一碗，"给我来一碗！"的喊声充满山谷，数千人同吃幸福团圆的敛巧饭的场面，是何等气势！欢乐的村妇们边盛饭边念："敛巧饭，大家办。一吃心灵手巧，二吃滚滚财源。不打架，不红脸。邻里睦，谋发展。吃它个益寿延年！吃它个日子赛神仙！"

人们吃着、唱着，亲朋好友聚在一桌，痛饮二锅头酒，大口吃肉、吃菜、吃敛巧饭，脸上挂着兴奋、幸福的笑容。

愿这欢乐的山谷中的欢笑声传遍全世界……

琉璃庙聚源香厂

刘绍振

聚源号也是老字号,虽然跟京都皇城里的瑞蚨祥、瑞林祥、瑞生祥、瑞成祥、谦祥益、盛和祥、东升祥、丽丰祥这"八大祥"无法相提并论,可是在密云、怀柔、延庆、平谷、京城东北山区、半山区老百姓的眼里,那可是天下第一号的大买卖家。"八大祥"再好,也是"玉泉山的水,解不了近渴",何况店大欺客,"八大祥"眼珠子里能盛着咱老山民吗?聚源号近在门前,买卖公平,货真价实,能赊能欠,方便由人,贫富一样,童叟无欺。当然,这都是老话了,如今聚源号早已成为了历史,而"八大祥"在新的历史时期进入了"店史上的最辉煌的阶段",都先后荣登国家商务部命名的"百年老店"的金榜之上。

无风不起浪,有影就有形。历史是公正的,老百姓口头历史是一辈子一辈子往后传给小辈人的,不是有那么一句老话——老辈不说古,小辈没有谱吗?不信,您就花工夫到北京东北各区县、乡镇、村落打听去,六七十岁往上的老人,提起聚源号准树大拇指。

满清末年民国之初,密云、怀柔、延庆、平谷这些地界还属清朝时叫直隶,民国后改叫河北省管辖,地处燕山山脉,峰高路险,林深草长的苦寒之地。闭塞贫穷,地广人稀,大买卖家觉着这地方油水不大,不想开店设铺,怕白花花的银子打了

水漂。小商小店缺资金少实力，再没有揽客拿人的高招儿，也难以立足扎根。如此一来，可就苦了山区的苍生百姓，打算添置点生活生产日用商品，就得远走百里之遥的通州、顺义；山里出产的干鲜土产、木材草药、牛羊野物要换银钱，货物得驴驮人扛搭功夫费力运出山外，寒冬酷暑，山路漫漫，折腾一次，能不能赚钱不说，受的苦遭的罪真大了去了。

可是，就有那么一家买卖商号，不嫌蝇头利小，不惧路远山高，派能吃苦会算计的伙计，沿穿流云蒙大山的白河往西，来到了大山西麓的琉璃庙村，拓荒设点，建起了分号。这家买卖就是老店先扎在古关御道古北口桥北，后移师密云县城的聚源商号。

聚源老号初创于清朝道光年间，有个叫周宪章的天津卫小商贩，从海河边贩来海货虾米皮，洋货玻璃罩子煤油灯。一条扁担八根绳，他在密云城、石匣镇、古北口（俗称密石古）走乡串店，也出入密石古的宅门大户。周宪章手脚勤快嘴又甜，时候长了，便得到了密云县城内财大气粗，敢跟县太爷叫板的大财主宁寿的赏识。宁财主掏银子入股，周宪章由肩挑货郎发展成了手推独轮车的行商，买卖有了起色，不久，便在古北口桥北租下房子开门建店成了坐商。宁财主一看大喜，没错瞧了人，便又追加银两扩大经营范围，在密云城和古北口挂出"聚源号商局"的牌匾，不但在密石古垄断了市场，还在通往承德、坝上草原通衢要道上的大集镇遍布网点。到了光绪年间，老店派了一个叫宁荣的密云人坐镇琉璃庙，成为聚源分号的掌柜。

琉璃庙村虽说地处深山腹地，但也挨着怀柔县城北上延庆直奔张北的山道，只不过这条路小了点儿，琉璃庙村很难成为

车水马龙人烟稠密的商埠大镇。如果照搬密石古和怀柔城商号的章程经营，琉璃庙聚源分号坚持不了一年半载准得吹灯拔蜡卷铺盖关张不可。穷乡僻壤，百姓身无分文没有购买力呀！宁荣不急不燥，先使出以物易物招数，老百姓可用山货土产换购日用杂品，而后又推出先赊欠等到秋后算账的方法，当然要加几分利息。场子总算踢腾开了，但要想买卖做活红火兴隆起来的话还得另辟蹊径。

宁掌柜不坐店等客，他经常在琉璃庙左附近的村落山场转悠。这地方景致不错，漫山遍野生长着桃、李、杏、栗、桑、梨、柏、松、榆、槐等果木杂树。发源于黑砣山的琉璃河与水深浪急的白河从村旁流过。商人不是文人，眼里没有诗情画意，心里装的全是利润金钱。宁掌柜连日阴沉的长脸乐开了花，因为他发现，山上的杂木是生产敬天拜佛祭祖贡香的材料，两条河水是建碾房磨香粉的动力，投入本金不多，原料人力便宜，只要一开张就等着赚钱吧。那个年月，先进科学文明风气未开，上至皇帝官吏下到平头百姓都把自己的生老病死、福祸流年，以至升迁发财全交给了上天神佛，所以焚香朝拜不心疼钱。不用说皇城里佛庙道观王府家庙无数，就是密石古、怀柔县有多少"十天一朝拜，半月一开坛"的大小寺庙谁说得清？要是都用咱琉璃庙聚源香厂的香烛，那银子还不乌泱乌泱地往柜台里流？

说干就干，宁掌柜出手大气，在聚源分号南空场琉璃河北岸一拉流建起了三座生产香粉的水碾房，取名琉璃庙聚源香厂。购置了麻石碾子青石磨，每座水碾房低薪雇了三个本地山民。然后贴告示、传口信，告之琉璃庙周围三村五庄和云蒙山深处的山民，进山砍挖各种硬杂松柏果木疙瘩，聚源香厂按质

论价，可当面付现银，也可以换取日用商品。老山民们听说有这等好事，一传十、十传百，扶老携幼，只要是能动弹的全都涌进山里。没出半个月，聚源香厂四周的空地上，就堆起了一座座营盘般的果木松柏杂木疙瘩木垛。

都知道木材怕火，星星之火能引起燎原之势。其实，它也怕水，尤其是这磨制香粉，四六不成材料的木疙瘩一经雨打水沤，来不及放水清淤，木头疙瘩就会变质，磨出的粉，不但不香了，反而变成了腥臭，做出的香炷发脆，一碰就一截一截的断。木垛还会成为长蛇、蜈蚣、蝎子、蜥拉虎子四大毒物的"宜居家园"，既伤财又伤人。

这是一个风歇雨住的傍晚，天很闷热，西北山头的天空中还堆着厚厚的乌云。宁荣查看木垛苫盖到了河边的碾房，一顺排开的木垛上趴着二三十条金鳞红顶小孩胳膊粗细的长蛇。看来夜里还得有雨呀，他正暗自思忖，猛然发现一个人影晃动，揉眼瞧原来是二掌柜王财奎正往河边捣鼓东西。二掌柜是宁财东的内侄，平日宁荣得让他三分。此人一身懒筋，干嘛嘛不成吃嘛嘛没够，手脚还不太干净。店铺跟香厂的伙计多次在宁掌柜面前或明或暗地提醒道，二掌柜常把店里的东西往对岸一家李姓香厂"顺"，还说他上了李厂主麻脸千金的炕。宁荣每回都嘿嘿一乐，摆手道：没有真凭实据，不许瞎嚼舌头根子。

"二掌柜，您这是……？留神木垛上的长蛇。"宁荣迎上两步说。

王财奎也早瞅见了宁荣，弯腰把一个大蓝布包袱塞进木垛堆，手举一个拳头大小的菜瓜："我……我……我查查木垛苫严实没有。您瞧，在垛根那儿还捡个瓜，我到河边洗洗，给您尝个鲜。"

"别客气,天赐有福之人,您吃吧。"宁荣扭身走了。王财奎蹲在河边一口一口吃瓜,他是在等宁荣走远好取包袱过河给麻脸情人送去。

这天夜里,琉璃庙出了人命大案,聚源香厂二掌柜七窍出血,死在了李家香厂麻脸千金闺房炕上。人命关天,怀柔县衙派来捕快、仵作验尸破案,得出王财奎是吃了有毒之物致死身亡。这位仵作是云蒙山里人,有经验见识,他从死者胃中挑出几粒瓜籽,说王财奎死前吃过的菜瓜为蛇毒浸透过的。云蒙山深山老林阴潮之地,毒蛇不下十几种。蛇为杂食野物,不光吃昆虫鸟鼠,偶尔也荤素搭配尝尝瓜草植物。毒蛇食瓜后,瓜籽难消化,在腹内为毒汁浸透后排出体外,生根发芽开花结果。王财奎不辨毒与不毒,当成捡了便宜误食中毒而亡,也是天意。仵作的话有无科学性不得而知,反正这场人命案没闹腾起来,不了了之。

宁掌柜抓住时机对商号、香厂的伙计们以及琉璃庙的百姓,进行了一次案例教育:咱聚源号香厂收购的木材疙瘩虽不值钱,但一经碾轧制成香炷,那就是敬神祭祖之圣物,有灵气啦。要不,咋长蛇前来护着哩?谁要有非分之想,自己学二掌柜,可与俺聚源号香厂无关。丑话说前头,先君子后小人,诸位掂量着办吧。

自此以后,琉璃庙聚源分号香厂再没出过天灾人祸,而且买卖一天比一天兴隆,成了京北山区数得着排在前几名的大买卖商号。

骆驼峰的故事

宋庆丰

在怀柔杨树底下村的南沟里盛产金矿的地方，有一处形似骆驼的山崖。关于骆驼怎么变成了石崖，有这样一个传说故事。

在很早以前，杨树底下村有一户人家，买了一头骆驼，为的是驮水运柴。大家都夸这头骆驼能干，驮上千百斤重的木柴，还能健步如飞。

后来这头骆驼被开采金矿的财主看上了，人人都知道财主的心是黑的，能发财致富都是靠压榨穷人得来的。财主用高价买回骆驼以后，就日夜不停地驮矿石，也没日没夜地命令矿工们采矿石从中提炼黄金。就用这种方法，开矿的财主发大财了，在怀柔县城和北京城里都开了很大的商店，有金店、有当铺、还有一个取自杨树底下村自产的香铺。别看他这么有钱，对矿工们却非常刻薄，恨不得把穷人的骨头都榨出油来，苛扣矿工的工资是他拿手的好戏。

这一年杨树底下村一带遇到了干旱，旱得杨树都掉尽了叶子，可财主却不发一分工钱，一月拖到二月，二月拖到三月，整整一年没给过工钱。他却用这些钱乘干旱之际，大肆收买山场以扩大他的金矿。直到腊月三十这一天，家家户户都要过年了，财主还是没发一分工钱，却把采来的金子悄悄装了两麻袋准备偷运到怀柔城内的家里。财主这种为富不仁的行为被他的厨子发现了，厨子把这一消息偷偷地告诉了矿工们。这一下子可把矿工们气坏了，家家户户都等着这点钱过年活命呢！财主玩的这一手不是要大家伙的命吗？矿工们忍无可忍，从四面八方的矿井内跑了出来，团团围住了财主和驮着两麻袋金子的骆驼。财主一见大声喝斥着闹事的矿工们，并使劲用皮鞭抽打骆驼，企图冲破人墙。谁知骆驼却通人性，再也不往前迈一步，它仿佛明白身上驮的是黑心钱，是矿工们的血汗。

这场围堵财主的斗争，一直闹到除夕的鞭炮声从远方传来。再看骆驼还是静静地站在山崖边，不过它已经化成了一块石头，它身上驮的金子也不翼而飞了，财主见此只好垂头丧气地走了。骆驼身上的金子，有人说被矿工分掉了，有人说它重新回到了杨树底下村的大山里，总之财主的美梦破碎了，矿工们总算出了一口恶气。

今天，在骆驼峰旁边还能挖出含金量较高的矿石，据说这些金矿石就是当年骆驼身上掉来的金子变的。

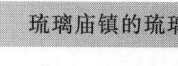

琉璃庙镇的琉璃庙

付 建

怀柔区的琉璃庙镇,因有一座用琉璃瓦建筑的关帝庙而得名。而建这座庙的不是别人,他就是清朝的乾隆皇帝。

琉璃庙村北的半山腰上有一条山峰形状极为奇特,就像一条凌空起舞的青龙。主峰像龙脊,树木像龙鳞,两条日夜流淌的山泉就像龙须,而一块嶙峋的巨石又极似龙头。

有一年春天,皇帝雅兴大发,要到塞北草原踏青赏花,回京的路上阴差阳错地走到了延庆四海的群山之中,因天色已晚就临时在四海镇安营扎寨住了一晚。第二天早晨欲起驾回京时,首辅大臣和珅对乾隆皇帝悄悄地耳语了一番。结果本来准备好的銮驾暂时就地待命,皇帝乘一匹白马在和珅一行的陪同下往四海的东方大山走去。君臣一行来到玻璃庙的群山中,纷纷下马休息,并且仔细观看这里的一山一峰一岭。看后乾隆皇帝倒抽了一口凉气,为什么?原来按阴阳学说玻璃庙村山北的那条山峰一旦飞舞起来,大清江山将毁于一旦。多亏和珅发现了这一奇观,并连夜禀报给了皇帝,才避免了这场刀兵之灾。

第二天,乾隆皇帝回到北京,当即命工部大臣率领百名工匠赶到了琉璃庙村,在村西侧琉璃河畔建关帝庙一座。并配建娘娘庙一座。当关帝庙即将上梁的时候,忽然天边飘来一朵乌云,霎时狂风大作,暴雨倾盆,把已经砌起的墙壁冲得东倒西歪。原来关帝庙压住了龙头,青龙哪肯乖乖地束手被擒啊。工部大臣召来能工巧匠连夜又开始施工。第二次上梁的时候,一旁的娘娘庙也同时动手上梁,用娘娘庙压住了龙尾,这一头一尾全被压住,青龙就再也飞舞不起来了。再用皇帝御赐的绿色琉璃瓦盖住了青龙的双眼,等于压住了整个山峰。琉璃庙的青龙终于被制服了,它永远再不能凌空飞舞,大清朝保住了两百多年的江山。

琉璃庙的青龙被压住以后,琉璃庙村也兴旺起来了。每年农历四月初八的庙会都会招徕长城内外的游人。南至怀柔城里,北至河北丰宁草原,东至密云,西至延庆,南来北往的人群纷纷到琉璃庙来赶庙会,更有人就是为观赏皇帝下旨修的琉璃庙而来。

近年来,琉璃庙还吸引了不少外国朋友来此揽胜。不久前曾有一个韩国佛教考察团远道而来,使琉璃庙的故事出了国门。

琉璃庙的崎峰茶

宋庆丰

中国茶叶大多产在长江以南,西湖龙井、太湖的碧螺春,安徽的黄山毛峰,五夷山的铁观音都名扬海内,甚至成了皇家御用的贡品。长江以北除信阳毛尖外,其它地方基本不产茶,但是北京怀柔琉璃庙的群山中却产一种茶,因它生长在群山峻岭中,起名崎峰茶,村也因茶而得名。

传说在很久以前,崎峰茶村还没形成村落,疏疏落落地住着几户人家,其中一常姓老人,老伴已经去世多年,只身带着一个儿子艰难度日,开一片山坡地种点五谷,砍一点山柴取暖做饭,用度日如年形容他们的生活景况恰如其分。

一天,门外忽然来了一位讨饭的老人,虽然蓬头垢面却不失儒雅之气,他来到常家门口就坐了下来。恰巧常老人从山中砍柴归来,见陌生人坐在自家门前,知道他必有所求,于是赶紧把老人请到了家中。他见老人神情疲惫,想必已是饥肠辘辘了,便不顾儿子的再三阻拦,亲自到灶房为老人做了一顿可口的晚饭。讨饭的老人见此大为感动,再三表示谢意。此时天色已晚,常老人就把讨饭人留在家中过夜,并且为老人烧了热水洗脚解乏,待如家人一般。

第二天天亮后,讨饭老人起床,常老人又为他准备了一顿可口的早饭。讨饭人无以为报,临出门时从兜内取出了一个纸包,双手捧给了常老人,再三表示自己只有这一点有价值的东

西，请他收下，有可能对他今后的日子有一点帮助，说完讨饭老人告辞而去。

却说讨饭老人刚刚走出常老人的家门，父子两人就吵了起来。儿子说老父亲太愚，早就看出是个骗子，不但舍饭还把他请到家来，像个祖宗似的供着，图的什么？常老人一再给儿子解释救人一命胜造七级浮屠的道理，可他的儿子就是不听，从父亲手中夺过讨饭老人留下的小纸包，随手就丢到门前的群山中。

过了没有一个月，丢纸包的群山中长出了一种北方从没有过的小树苗。它不像杨树那样威武高大，也不像松柏那样四季长青，却在大自然的怀抱中郁郁葱葱。人们采来它的叶子放进开水中，却有一股茶的浓香和甘甜。常老人把它的叶子全部采回家来，再用土法炝泡一番，一种北方特有的茶叶就这样诞生了。因为它茶香浓郁，清心明目，非常受当地百姓的欢迎，争相到常家来买这种茶做饮料。常家父子从此不再靠种山坡地为生，而以经营茶园为主了，日子过得比从前舒服多了。这时常老人的儿子才明白了这一切都是父亲的善良换来的。于是他把茶树籽送给了山中其它的穷苦人家，使这里的家家户户都过上了好日子。

因为这故事有点稀奇，茶树又长在了高高的山峰中，崎峰茶和崎峰茶村的故事从此走进了北京怀柔区的历史。

感念的炊烟

马淑琴

立秋时节,门头沟灵水村人聚在一起喝"举人粥";正月十六,怀柔区杨树底下村的人也要聚到一起吃"敛巧饭"。那一天,山谷小村缭绕着袅袅炊烟,往日的空寂被热情和温暖填满。

不论是喝粥,还是吃饭,都是山村民众以某种理由进行的一次集聚和狂欢;是对他们认同的一种传统文化的承袭;是对一种精神的颂扬与感念。灵水的"秋粥节"是纪念村里举人的赈灾善举以及对文化的崇尚,而杨树底下村的"敛巧饭"则是感念几只山里的鸟儿。

关于动物拯救人类的故事不在少数,敛巧饭的由来也源自一个动物救人的传说。清嘉庆至道光年间,霍、靳两姓二人从外地来到这里,打算定居。可是,没有粮食种子,无法耕种生存,只能四处乞讨。一天,他们终于要到了种子。路上,一阵大风把种子吹到一条狭窄的岩石缝里。两人使尽手段,无法取出。焦急之时,飞来几只山雀,把岩缝中的种子一粒粒衔出,轻放于二人面前,然后飞去。"神雀,神雀呀!"二人慌忙向雀儿飞走的方向连连磕头,并说:"种出粮食,定要供奉神雀。"从此以后,他们勤劳耕种,收获颇丰,并在此繁衍后代,逐渐成村。为了回报神雀的拯救之恩,村里在鸟儿觅食艰难的冬季,选在正月十六这一天,向各户敛收粮食,向空中抛洒，供山雀食用。后演变成敛巧饭习俗。

去年的2月21日，农历正月十六，我随市民间文艺家协会的朋友们专程赶到怀柔区琉璃庙镇杨树底下村，观摩敛巧饭民俗活动。

虽是隆冬时节，但大红灯笼点亮了山谷，唢呐声、锣鼓声不绝于耳。到处充溢着红火、热烈和吉祥喜庆的气氛，正是当下人们心情的颜色、日子的温度。大大小小的汽车将宽阔的停车场塞得严严实实，各种形式的宣传牌随处可见活动标志的吉祥物是一件只振翅的山雀。可爱的小山雀，是这项民俗活动崇奉的神灵。

活动开始前，我们抓时间到村里转了一圈儿。小村四面环山，山的形态很是标致和经典。村中已经硬化的道路干净整洁。古老的旧宅和崭新的民居勾勒出历史的变迁。旧宅木门木窗，深灰色的老瓦覆盖着斑驳的老墙；新房红砖到顶，有的还镶着华丽的瓷砖，院里停放的是汽车和摩托车，彰显一派新的生机。

村人都在为敛巧饭忙碌。一家院门上贴着这样的对联，上联是：敛巧饭时和景泰，下联是：杨树下雪瑞丰年。随意走进去，院主人正忙着做豆腐，一屉屉新鲜的豆腐散发着诱人的香气，旁边摊着一堆雪白的豆渣。主人热情地告诉我们，豆腐是为今天的敛巧饭准备的。

踩着节奏鼓点的，红衣绿裤的高跷队伍通过村口漂亮的牌楼，鱼贯走向村外的会场。活动场地人头攒动，山羊走钢丝、斗鸡等表演在大大小小的人圈里热闹着。各处赶来的商贩有序地排在场外，兜售着各自的商品。最引入注目的是路边用石块支起的一排排大铁锅，摆成了锅的阵营，气势恢弘。锅下木柴

噼噼啪啪溅着火星，锅中香气弥漫，炊烟笼罩了整个山谷。掀开锅盖，锅里分别炖着肉、鸡、海带、白菜等，有的焖着米饭或煮着粥。穿着花棉衣的村妇们操动刀勺案板，成了最繁忙的主妇。年轻小伙子和姑娘们则忙着准备酒水饮料碗筷杯盏。主席台上的仪式结束后，台下的人们开始了盛大的村宴。四面八方赶来的客人与主人于旷野上一道进餐。男女老幼，或官或民，或坐或站或蹲，个个端碗举杯，尽显豪放，津津有味地品尝着山村民俗大餐。

"敛巧饭"习俗已被列入国家级非物质文化遗产名录。活动每年只有一次，山谷里浩荡的炊烟却一直在心头缭绕。这是感恩的炊烟；是人类对于动物的拯救之恩进行回报的炊烟；也是人类对于自己的灵魂予以救赎的炊烟。炊烟中充满着地球上的人类与动物相互拯救，相互扶持，大自然和谐发展的温暖。但愿这些习俗能够唤起我们对动物更多的爱和感念。假如没有这种爱和感念，人类将动物追赶到生命岩缝的同时，自己也会陷入生存的绝境。那时，任何神雀都无法拯救人类生存的种子。

不论是人还是动物，常怀一颗感恩的心，灵魂与生命才能拥有一片广阔的栖息地。

杨树底下的山雀

马淑琴

山雀姓山
山雀是山里的鸟儿
山的精灵
叫声都带着山的方言

山雀的翅膀属于蓝天
在树梢之上　山峰之上
云彩之上　头顶之上

有一天
山雀跟随一缕山风
掠过山岩
面对吹落山崖的种子
和无计可施的人类
山雀的飞翔改变了方向
山雀没有袖手旁观

如一架直升机的俯冲
山雀冲向狭窄的岩缝
姿势压得很低很低
不顾荆棘撕破皮肉
不怕岩石折断翅羽

一颗流弹

在沿亘百里的山涧穿行
倾听涧底流泉之声
一次超越了动物与人
界限的飞翔
营造一种超越人与动物
界限的感动

来不及降落
来不及放下翅羽的旋梯
衔起落入深渊的种子
衔起人类生的契机

拯救与爱的种子
在一棵杨树下
绽出温暖的芽
人们在杨树底下安家
山雀在人的心里筑巢

180年后的今天
山雀依旧还是山雀
那对振动欲飞的翅膀
永远在人的视线之上
成为长久仰望的图腾

杨树底下敛巧饭

崔墨卿（小叙事诗）

在那遥远的清朝嘉庆年间
山东青州连续三年荒旱
小麦玉米颗粒无收
草根树皮成了穷人一日三餐
多少人为活命奔走他乡
多少家为糊口逃荒讨饭
有霍、靳两个后生最为勇敢
跋山涉水来到北京怀柔的深山
虽然这里野草萋萋荒无人烟
却是水秀山青举世罕见
它一面是路三面环山
两棵白杨树如华盖直插云端
山巍巍恰似一面屏风
挡住了北来的暴雪严寒
两棵白杨树迎风招展
似巨人守卫着一方平安
泉水叮咚弹奏着丝弦
既是生命之水又可沃土浇田
两后生决心在此安家落户
杨树底下村开始诞生人间
为活命走遍怀柔大小村镇
为种子踏遍平原山川
终于讨来一袋良种玉米
欢欢喜喜赶往梦中的家园
谁知老天爷逞凶弄险

霎时间狂风怒吼大雪弥漫
当他们即将走到杨树底下
一阵狂风把肩上口袋掀翻
辛辛苦苦讨来的玉米种子
全部掉进脚下的万丈深渊
待二人把喉咙哭哑眼泪流干
一个奇迹突然在眼前出现
从遥远天边飞来千万只山雀
忽啦啦全都飞进了山涧
没人指使没人驱赶
把一颗颗种子衔回了地面
两后生乐得拍手打掌
好像遇到了救命的神仙
赶忙拾起了粒粒种子
合着希望播进了新垦的梯田
从此他们日除草夜浇园
精耕细作地锄八遍
天不下雨还有汗
庄稼像孩子天天往上窜
苍天不负勤劳的汉子
当年就获得一个大丰年
深山里传出了朗朗笑语
大杨树底下飘出欢乐的炊烟
过上好日子他们不忘本
把山雀儿的恩情牢记心间

杨树底下敛巧饭

年年正月十六这一天
男女老少一齐动员
霍家出米靳家出面
全村人同吃一锅敛巧饭
餐前首先扬饭喂雀
感激之情在米粒中再现
时光虽然过去了一百八十多年
敛巧饭的风俗代代相传
勤劳智慧的杨树底下村人
知恩图报的心愿永不改变
今日敛巧饭不仅仅扬饭喂雀儿
更为小康日子加瓦添砖
街坊邻里没有舌头不碰牙齿
一顿敛巧饭了却多少恩怨
婆媳间没有马勺不碰锅沿
一顿敛巧饭换来张张笑脸
兄弟间也难免同室操戈

敛巧饭是和解的妙药灵丹
老年人吃了敛巧饭
童颜鹤发步履矫健
姑娘们吃了敛巧饭
比带雨梨花更加娇艳
小伙子吃了敛巧饭
恰似猛虎进了深山
敛巧饭是一面镜子
折射出新农村的五彩斑斓
敛巧饭是一座连心桥
小康路上快而加鞭
一年一度的敛巧饭
记录着中国农民朴素的心愿
企盼家家户户人寿年丰
企盼和谐生活花般烂漫
企盼共产党青山巍巍千古不老
企盼社会主义道路越走越宽

后　记

　　杨树底下村在前几年还是一个普普通通的小山村，知道它的人很少，专程去那里的人更是寥寥无几。村里的青年大都外出打工，留在村里的大都是老人妇女和孩子。天气好的时候，老爷子们聚在一堆，妇女们三三两两围在一起，边晒着太阳，边聊着家常，山里人的日子就是这样一天一天度过的。

　　正是由于非物质文化遗产保护工作的开展，使人们开始关注怀柔区琉璃庙镇杨树底下村敛巧饭习俗。怀柔区的各级领导对敛巧饭习俗的申遗工作非常重视，把它搞得有声有色，使许许多多的人走进了这个宁静的山村，当然，最先进入的是各级领导和专家学者们。现在琉璃庙镇杨树底下村"敛巧饭习俗"已列入国家级非物质文化遗产名录。

　　北京民协在北京文联朱明德书记的关注和支持下开展了对杨树底下村的考察工作。怀柔区宣传部彭丽霞部长对考察工作高度重视，并作了具体的安排。

　　为了能更深入全面地收集到当地的民俗文化材料，北京民协组织了民间文学、民俗、民间艺术的专家们对杨树底下村和琉璃庙镇先后进行了四次考察。专家们将采集到的材料编辑成书，正式出版，这既是为当地的文化建设做了一件实事，又为当地的旅游增添一份文化附加值，同时也是我们民间文艺工作者为非物质文化遗产的保护、为建设"人文北

京"应尽的一份责任。

在此,感谢琉璃庙镇党委、镇政府对考察工作组的大力支持,感谢田正科宣传委员和宋庆丰老师的热情接待和精心安排。

于志海